〈에세이〉

나는 언제나 너에게로 간다

나는 언제나 너에게로 간다

초판 인쇄 2018년 6월 1일
초판 발행 2018년 6월 5일

지은이   장시진
펴낸이   진수진
펴낸곳   혜민라이프

주소   경기도 고양시 일산서구 하이파크 3로 61
출판등록 2013년 5월 30일 제2013-000078호
전화   031-949-3418
팩스   031-949-3419
전자우편 meko7@paran.com

값 12,000원

나는 언제나 너에게로 간다

장시진 지음

 혜민라이프

나는 언제나 너에게로 간다

텅 빈 마음을 읽는다

도대체 어디에 놓고 온 것인지

지난 여름인지
지난 가을인지
지난 겨울인지

처음부터 텅 비어 있었던 것은 아닌지.

서두르지 않기로 했다
재촉하지 않기로 했다
조급하지 않기로 했다

때로는 비를 맞을 수도
때로는 당황할 수도
때로는 어이없을 때도 있는 법이다

온전히 받아들이며 되도록 느긋하게 걷기로 했다
비를 흠뻑 맞아 밤새 끙끙 앓는 일이 생기더라도
어차피 병 주고 약 주는 것이 세월이고 삶이다

단어가 미끄러진다
문장이 만들어지기도 전에 흩어지는가 싶더니
다시 고개를 내민다
커서가 뱉어놓았던 자음과 모음을 다시 되삼켜버리기를
반복하는 시간이 지난밤과 새벽을 건너왔다

이제는 단어조차 생각나지 않는다
마침표나 찍자 혹은 느낌표나 물음표를......

Contents

그를 만나러 가는 길

나는 언제나 너에게로 간다

너는 존재에 대해서
어떻게 생각하니?

시간을 잡아 본다.

손을 뻗어보지만, 시간은 뒤돌아보지도 않은 채 저만치 앞서 간다. 내게 남는 것은 지금이라는 그림자다. 그리고 지금은 또 다른 지금으로 밀려난다. 지금은 언제나 그렇게 뒤로 숨어버린다.

시간을 잡는다는 것은 역시 무리였다.

무작정 흐름을 따라 걸어 본다. 그렇게 얼마나 걸었는지 모른다. 흔치 않은 겨울비가 흩어지기 시작했다. 나는 왜 그것을 억지로 짜내는 눈물이라고 생각했을까?

무뎌지는 시간.

아마도 이맘때쯤이었을 것이다.

녀석의 전화로 녀석의 영원한 부재를 알리는 문자 메시지를 받은 것이. 그렇게 떠나리라고는 짐작도 못했었다. 그리고 시간은 녀석을 저편에 내려놓고 재빠르게 달리기 시작했다.

야속한 녀석.

오늘은 시간을 요리할 생각이 없다. 평상시였다면 시간을 어떻게 조리해 먹을지 고민을 했을 테지만. 그래 봐야 튀기거나, 달달 볶거나, 화끈하게 불 맛을 입히거나, 간단하게 소금을 넣고 살짝 데치거나, 이것도 저것도 아니면 날것으로 먹었겠지.

오늘은 녀석의 그림자를 찾아 걸어 볼 생각이다. 그렇게 시작된 그림자 찾기는 멈출 기미 없이 느리게 진행되었다.

녀석에게 가는 길.

왜 나는 이 길을 외면하려고 했을까? 모르겠다. 아니, 믿고 싶지 않았기 때문이었는지도 모르겠다. 녀석과 함께 걸었던 길은 익숙하기도 했지만 생소하기도 했다. 아마도 시간이 그렇게 만들었을 것이다.

녀석과 함께 등산을 즐기던 등산로 앞에서 나는 멈추었다. 녀석의 잔영이 눈앞에서 일순간 선명해지다가 흐릿해지더니 어느 순간에 흩어지고 말았다.

제기랄!

괜히 왔다 싶었지만 나는 돌아설 수 없었다.

망설이는 동안 겨울비는 소리 없이 흔적만을 남긴 채, 녀석의 그림자를 남긴 채 종적을 감추었다. 나는 벤치에 앉아 옷을 바짝 여민 채 녀석을 생각했다. 연인도 아니면서 왜 그렇게 붙어 다녔는지 모르겠다.

그 시절의 추억은, 시간은 그대로 남아 있었다. 뭐, 내가 살아가는 동안은 지울 수 없는 것들이다. 그래서 다행인지도 모르겠다.

달려와 되돌아 나가려는 택시에 급하게 올라타고는 추모공원으로 향했다. 그 길 위에서 많은 생각이 지나갔다.

남겨진다는 것, 산다는 것, 존재한다는 것. 그 사이 나는 녀석 앞에 서 있었다. 녀석은 이제 숫자로 남았다. 그리고 그 안에 녀석이 환하게 웃는 사진 속 모습으로 나를 반기고 있었다.

"뭐 하고 있었니?"

역시 대답은 없었다.

"그곳은 어떠니? 그러고 보니 빈손으로 왔네. 아메리카노 마시고 싶으면 같이 가던지."

나는 돌아섰다. 그렇다고 별다른 감정은 없었다. 무뎌진 발걸음으로 터덜터덜 길을, 시간 위를 걸었다. 시간의 흐름은 슬픔 따윈 안중에도 없는 모양이다. 나도 언젠가는 흔적으로 남겠지. 물론 기억해 줄 사람이 있다면.

녀석과 마주 앉았다. 녀석은 아메리카노를 마시겠다고 하겠지만 나는 에스프레소 더블샷을 주문했다. 그리고 밖이 훤히 보이는 포근한 자리를 찾아 앉았다. 창밖으로 보이는 테라스의 의자가 바람에 휑하다.

「너는 존재에 대해서 어떻게 생각하니?」

항상 스스로 묻는 말이기도 했지만 나는 아직 딱히 결론을 내리지 못했다. 아마 녀석은 알지도 모른다. 나도 어느 순간에는 그 물음에 대답할 수 있겠지.

행인들 사이로 녀석의 모습이 언뜻 스쳐 지나갔다.

그래, 우리는 이제 함께할 수 없는 사이가 되어 버렸나. 그리고 나는 에스프레소 한잔에 녀석을 담았다. 녀석을 담기에는 턱없이 작은 잔이다.

오늘은 녀석의 그림자를 찾아 걷기를 잘했다. 하지만 함께했던 추억들은 점점 무뎌질 것이다. 나는 가끔 오늘처럼 녀석의 그림자를 찾아 시간 여행을 하겠지. 아니면 핑계를 만들어 녀석을 외면할지도 모르겠다. 그렇다고 서운해 하지는 마라. 녀석아!

녀석은 그냥 걷는 것이 좋다고 했다. 그리고 만날 때마다 우린 걸었다. 그때그때 마음 내키는 곳을 걸었다. 그때는 나름의 객기도 있었다. 그러나 지금의 나에게 객기는 남아 있지 않다.

걸어오면서 객기를 부리며 젊음을 흥청망청 써 버렸기 때문이다. 젊음이 한창일 때는 당연히 그래야 한다고 생각했다. 하지만 이제는 소심한 젊음만 남았다.

그래도 아직 젊다는 것이 얼마나 다행인가. 젊음은 나이와 상관없는 것일 테다. 녀석은 변함없는 그 시절의 그 모습으로 영원할 테지.

에스프레소의 맛과 향이 기쁘지도, 슬프지도 않고 무덤덤하다. 쓴맛을 상실한 지 오래다. 그래도 지루한 맛이 아니어서 다행이다. 다가갈 수 있는 맛이어서 더 가까이하고 싶다.

녀석은 자유로울 수 있어서 좋겠다. 물론 어디든 가고 싶은 곳 마음대로 갈 수도 있겠지. 그래, 녀석을 잡아 둘 수는 없다. 걷고 싶은 길이 아직도 남아 있을 테니까.

녀석은 가고 나는 이곳에 남아 있다. 그리고 이곳을 자주 찾는 이유는 녀석과 내가 걷던 길의 중간이기 때문이다.

나는 앞으로 어떤 길을 걷게 될까? 언제나 부정할 수 없는 시간의 위를 걸을 것이다. 그러나 막연하게 걷고 싶지는 않다. 커피의 은은한 향기처럼 느리지도 빠르지도 않게 걷고 싶다. 그리고 언제나 한결 같아지고 싶다.

눈을 살며시 감는다. 그리고 귀를 열어 둔다. 스쳐 가는 시간과 달려오는 소리가 함께 뒤섞인다. 모였다가 흩어지는가 싶으면 다시 모이기를 반복한다. 여긴 어디인가? 익숙하지만 낯선 곳이다. 이곳에서 나의 존재는 흐름이다. 주저하지 않고 흘러가 본다.

진한 에스프레소 한잔에 나를 가득 담는다.

언제나 처음 사랑은
영원할 것 같지요

「내 얼굴에 소복하게 쌓인 그녀
마음만 남겨두고
소리 없이 사라진 그녀,
그녀는 순백의 꽃이었다」

언젠가는 그런 생각을 했었던 적이 있었습니다. 예고도 없이
함박눈이 내리던 날 어느 커피전문점에서 우린 마냥 즐거워했
었지요.

언제나 처음 사랑은 아름답습니다.

언제나 처음 사랑은 영원할 것 같지요.

언제나 우린 그 다음을 생각하지 않습니다.

지나고 나면 아쉬울 뿐이고 늘 미련이 남기 마련입니다.

별일 아니었는데도 이별을 하고 후회를 하게 됩니다. 그러다
가 실없는 자존심을 던져 버리고 되돌아 상대를 생각하기도 하
고 또 영원히 기억 속에서 지워버리기도 하지요.

꼭 그래야 할까요?

애써 아픔을 간직할 필요는 없다고 생각합니다. 상대를 비난해야할 이유도 없다고 생각하는데요. 인연이었다면 배려해야 한다고 생각하는데 그렇지 않은 사람들도 많더군요.

이제와 돌이킬 수 없음을 압니다.

이제 당신은 그저 흔적으로 남아 있습니다. 기억 속에서 지워버린 존재. 그때는 왜 그랬는지 모르겠습니다.

시간이 흐르고 또 다른 삶의 방향을 발견하게 되면서 예전의 나를 인식하지 못할 때가 있습니다.

지금 걸어가고 있는 내가 진짜 나인 가에 대한 의문이 들기도 합니다. 그러면서 늘 자신에 대한 합리화를 하기 위한 오기를 부리기도 하지요.

그래요.

삶은 순전히 오류투성이입니다. 알면서도 우리는 되돌리려 하지 않지요.

시간이라는 거대한 힘에 눌려 오도가도 하지 못할 채 바보처럼 앞만 보고 걸어갑니다.

돌이키고 싶지 않은 것이지요.

다시 그 길을 걷는다는 것에 겁을 내는 것이지요. 세상은 언제나 순조로운 법이 없으니까요.

당신, 후회하지 않나요?

그때 우리 서로에게 자존심을 내세우지 않고 조금의 배려라도 가지고 있었다면 우린 다른 삶을 살아가고 있을 겁니다.

지금의 삶은 우리의 선택이었습니다. 그 선택을 지운다는 것은 있을 수 없는 일이며 또 자신을 부정하는 것이지요.

그러나 아직 늦지는 않았다고 생각합니다.

다시 한번 나 자신에 대해 생각해 봅니다.

이제는 알 수 있을 것 같기도 하지만 살아가는데 아직 확신이 서지 않습니다. 그렇다고 내 자신은 송두리째 부정할 자신도 없습니다.

하지만 이제는 좀 더 신중할 수 있다는 겁니다.

오늘도 여유롭게 생각하며 걷는 꿈을 가져 봅니다.

그렇다고 꼭 현명한 오늘만 다가오지는 않을 겁니다. 오늘이 내일이 될 수는 없습니다. 그러나 내일은 오늘이 될 수 있습니다. 오늘을 착실하게 살아간다면 되도록 오류 없는 하루가 될 수 있다는 말입니다.

힘을 내 다시 한걸음 성큼 걸어 봅니다.

오늘은 오늘이니까요.

시간의 흔적들 사이

헤어짐이 더 아픈 쪽은 떠난 존재보다 남아 있는 존재라고 합니다

그래서 갑니다.

녀석의 기일이 오늘입니다.

녀석과 함께 걷던 길을 터덜터덜 걸어 한 호흡에 달려갑니다.

그 친구는 간절하게 삶을 원했습니다.

그것이 어디 마음대로 되는 일입니까?

신도 아닌데 말입니다.

어쩔 수 없잖아요.

녀석은 언제나 그곳에 앉아 있습니다.

항상 같은 표정과 모습으로 변함없는 미소를 보냅니다.

우리 인생이 언제나 그리운 것처럼 녀석을 생각하면 한없이 안쓰러워집니다.

그 친구에게 삶은 어떤 의미였을까요?

그 친구에게 삶은 또 얼마나 간절했을까요?

미련을 버리지 못하고 또 한 가닥 실낱같은 희망을 잡았다가
놓기를
얼마나 반복했을까요?
그 모습을 옆에서 지켜보며 눈물을 삼켜야 했을 가족들은
또 얼마나 속절없이 아파했을까요?

어느 날 녀석에게서 전화가 왔었습니다.
"죽 좀 사다 줄 수 없겠니?"
그때 약속이 있던 터라 친구의 말을 귀담아 듣지 못했던 것이
지금은 후회가 됩니다.
녀석은 그때 식사도 못하고 수액만 맞고 있는 상태라는 것을
나중에야
알게 되었습니다.
친구는 죽이 먹고 싶었던 것이 아닙니다.
마지막으로 친구의 얼굴이 보고 싶어서 그랬던 겁니다.
그 다음날 새벽에 친구는 미련도 남길 틈 없이 홀연히 떠났습
니다.
믿겨지지 않았지만 믿을 수밖에 없는 현실을 마주하는 순간
넋을 놓고 말았습니다.
소식을 듣고 달려 온 친구들의 담담한 얼굴을 마주하면서
내 속의 죽음과 삶 사이의 알 수 없는 궤적을 생각하면
혼란스러울 뿐이었습니다.

그렇게 친구는 그 시간의 언저리에 기억으로 남아 있습니다.

삶은 의미는 기억인가 봅니다.
만약 내가 이곳을 떠난다고 해고 누군가는 나에 대한 기억으로
그리움을 간직할 테니까요.
우린 시간 여행자일 뿐입니다.
우리가 걸어간 그 자리에는 그때의 우리가 남아 있는 겁니다.
그때의 우리가 그 시간 속에서 아옹다옹 잘 살아가고 있을 겁니다.

꿈속의 꿈

그리고 그 꿈속의 꿈

비에 젖은 어깨가

자꾸만 아른거리다가

비틀거리며 걷는다

무게를 가늘 수 없어서

흩뿌려지는,

온통 벗어 놓은 헌 옷들

짙은 단풍일 때

그 수다는 어디로 갔을까

바스락거릴 수조차 없는 날

입동을 앞둔 어느 늦은 가을 길 위를 걷고 있는 나를 저 멀리서 나아닌 내가 그런 나를 바라보고 있었습니다.

확실하지는 않습니다. 하지만 뭐 그럴 수도 있다고 생각했거든요. 당신은 그런 날이 없나요?

저 편에 서 있는 내가 반갑지도, 그렇다고 슬프지도 않은 먹 먹함으로 다가오는 순간 당황할 수도 있겠지만 난 그냥 멀뚱히 그런 나를 바라보았습니다. 내가 앞으로 걸어오는 데도 나는 아 는 체를 하지 않았습니다.

아는 척을 하는 순간 내가 공간으로 산산이 부서지면서 흩어 질 것 같았거든요. 순간 낯섦이 스치고 지나갔습니다.

내가 아닌 남이 되는 순간이었습니다.

그렇게 얼마나 더 걸었는지 모릅니다. 아주 한참을 걸었던 것 같은데 시간은 그다지 많이 흐른 것 같지 않았습니다.

그때 문득 뒤돌아보았습니다.

그 순간 나의 낯섦이 저 뒤에서 나를 바라보고 있더군요. 나 는 당황할 수밖에 없었습니다.

해서 실없이 피식 웃으며 손을 흔들어 주었습니다.

낯섦도 당황했던지 나를 향해 엉거주춤 손 흔드는 시늉을 해 보이더군요. 그리고 돌아서서 다시 또 걸었습니다.

당연히 나 아닌 나의 낯섦과의 마지막이라고 생각했습니다. 그런데 계속해서 걸어도 뒤통수가 자꾸만 따끔거리는 겁니다. 다시 돌아보는 순간 또 나의 낯섦이 나를 바라보고 있었습니다.

나는

「왜?」

하는 제스처를 취했는데 나의 낯섦도 왜 그러냐는 듯 어깨를 으쓱이더군요.

나 참!

낯섦이 익숙함으로 변하는 순간이었습니다.

나는 혼자 걸어가고 있었던 것이 아닙니다.

나 아닌 내가 앞서 걸어가거나, 또는 내가 그런 나 아닌 나의 낯섦과 앞서 걸어가 마주치거나 뒤돌아보게 된 것입니다.

어느 순간은 우산 없이 나란히 비를 맞으며 걷기도 하면서 나 아닌 나와, 나, 그리고 또 다른 나와 함께 걷기도 하지요.

어느 날은 그런 나와 한참을 수다 떨고 싶은데 손가락 하나 꼼짝하지 못한 채 겨우 숨만 쉬고 있을 때도 있습니다.

그런 날이 바로 오늘입니다.

바스락거릴 수조차 없는 날.

마음이 많이많이 아픈 그런 날!

오늘 같은 날은 철저히 혼자가 됩니다. 누군가 대신 아파해 줄 수 없으니까요. 또 아픔도 익숙해지고 무뎌져야 하니까요.

그때나 지금이나

27년 전 경춘선
이맘때쯤
장박(낚시)을 하다 잠시 일 보러 나왔다가 우수수 떨어지던 은행잎의 금빛 느낌을 보았던 것이 마지막이었다.
그 후로 은행잎의 아름다움을 나는 아직 보지 못했다.
무뎌졌다.
그 사이 전철이 달리지만 단 한 번도 타 본 적이 없다.
그리고 두 개의 터널이 뚫렸다.

그때의 덜컹대던 그 비포장 임도가 그립지만 이제는 달릴 수가 없다. 어찌하여 그 임도를 찾는다 하여도 예전의 그 길과는 다를 것이다.
시골의 흔하지 않은 버스와 그 시간에 맞추어 시내에 나가기 위해 짐을 들고 나선 노부의 마음을 이해하며 기다리다가 버스 문을 열고 뛰어나가 대신 짐을 들고 차에 오르는 버스기사의 그 촉박한 여유로움을 누가 알겠는가?

그 훈훈함을, 그 아름다운 정감을 나는 아직 잊지 않고 있다.

물론 지금도 오지에서는 그런 온유함이 있겠지만 이 도심은 차갑다. 하지만 단정하기는 힘들다. 지금이나 그때나 사람 살아가는 곳에는 아직도 상대를 존중하고 위하는 마음이 있다는 것을 나는 부정하지 않는다.

이 도심이 매정하다고는 하지만, 경쟁과 불신의 묵은 때가 덕지덕지 묻어 있다고는 하지만 그까짓 때야 물러서 벅벅 밀어내면 그만이다.

그래도 삶의 고수들과 내 스스로 멀리 밀어냈던 인성의 존재들이 거짓 없이 다가오는 아직은 그런 세상이다.

그런데 왜 멀리 하는가?

왜 남이라고 생각하는가?

왜 그런 도움마저도 외면하려 하는가?

배려도 의심이 가는 세상!

이기 때문인가?

세상에 너무 많은 담을 쌓고 살아가는 것은 아닌가 하는 생각이 든다.

심지어 남편을 남의 편이라고 폄하하는 이 삶이 과연 옳을까 하는 생각을 하는데.

심지어 나는 왜 이런 생각으로 골머리를 흔들어야 하는지 모르겠다.

우린 너무 인정에 메말라 있는 것은 아닐까?

그럴 수도 있다.

세상에 나만 덩그러니 놓여 진 것은 아닐까 하는 위축감! 뭐 그럴 수도 있다. 하지만 내 생각에는 스스로 틀에 얽매여 그 범주를 벗어나고 싶은 것인지도 모르겠다.

자신도 모르게 알고 있는 의미?

그렇다고 누구를 비난하거나 비하하는 것은 아니다. 다만 우리의 체온이 너무 낮아졌다는 것이다.

마음의 온도!

온도의 높낮이에 따라 상대를 이해할 수 있고 받아들일 수 있다고 생각하는데. 그것에 대한 불만을 표출하는 이들도 있겠다. 하지만 그들도 그 마음의 온도는 속이지 못할 것이다.

오늘은 뜨거운 마음의 눈물을 흘리고 싶다.

아니 서글프게 소리 지르며 엉엉 울고 싶다.

아니 스스로 반성하며 흐느끼고 싶다.

그러면 당신은 내게 분명히 올 것이다.

그러면 당신은 나를 외면하지 못할 것이다.

나는 불쌍한 것이 아니라 나의 관심과 당신의 관심이 필요했던 것이다. 당신도 물론 부정하지 않겠지만. 우린 스스로 너무

먼 길을 돌아서 가고 있는 것 같은데 당신은 어떻게 생각하는지
모르겠다.

왜 선을 긋고, 왜 자신을 감추면서 스스로 멀어지려 하는 것
인지 알 수가 없다. 이 삶이 아무리 차갑다 해도 의미 있는 삶인
것을.

나를 내 보일 수 있을 때 마음이 열리고 또 상대를 받아들일
수 있다는 것을 우리는 너무 감추고 사는 것은 아닐까 하는 생
각을 한다.

당신!

드라마나 영화를 보면서 울어 본 적이 있는가?

당신!

그 슬픔에 이것도 저것도 할 수 없이 서러웠던 적은 없었던
가?

당장의 이 삶이 지옥일 수도, 천국일 수도 있겠지만 그렇다고
당신은 당신 자신을 내팽개치지는 않았을 것이지 않은가?

그렇다면 당신은 오늘을 잘 살아가고 있는 것이다.

그때나 지금이나 우린 변한 것이 없다. 단지 스스로 자신을
감추고 내보이지 않았을 뿐이다.

그를 만나러 가는 길

그가 아직 오지 않았다.

약속은 하지 않았다.

이럴 줄 알았으면 약속이라도 해둘 것을.

이렇게 긴 기다림이 될 줄은 미처 몰랐었다.

언제 올지도,

그렇다고 약속 장소를 정해둔 것도 아니다.

그러고도 이렇게 기다리는 것은 어쩌면 미련한 일인지도 모르겠다.

그래,

그는 이미 오래전에 와서 내 속 어디엔가 숨어 있을지도 모르겠다.

그렇다면 그를 찾아내는 것은 온전히 내 몫이다.

그런데도 나는 그가 나에게 오기만을 멍하니 기다리고 있다.

모두가 게으름 탓일 게다.

올해도 나는 그와 마주할 수 없을지도 모르겠다.

바보 같으니.

왜 먼저 그에게 다가가지 못하는 것일까?

기다림이 아직 고픈 것일까?

기다림을 즐기고 있는 것은 아닐까?

그러나 언제나 그렇듯 나는 그와 빨리 만나야 한다.

그것은 운명이며 숙명이다.

알면서도 이렇게 미적거리는 것은 그를 만나면 많이 아플 것 같기 때문이다.

"아파봐야 죽기야 하겠어."

누군가는 그렇게 말할지도 모르겠다.

그래.

죽지는 않겠지만 죽도록 아프기는 할 것이다.

그래서 나 스스로 적당한 거리를 두고 있는지도 모르겠다.

하지만 이렇게 바라보기만 하고 있을 수는 없다.

이제는 찾아야 한다.

만나야 한다.

그리고 감추는 것 없이 대화해야 한다.

그러다 보면 아프면서도 견뎌낼 수 있을 것이다.

그, 그리고 나.

얽히고설킨 관계.

숙명과 마주하는 일은 항상 어렵다.

이제는 그가 기다릴 차례고 내가 그에게 다가갈 차례다.

그렇다고 기다림에 지친 것은 아니다.

만남이 그립기 때문이다.

내 속에 있을 그와의 만남을 앞두고 문장은 자꾸만 흐려진다.

그를 만나기 위해 나는 오늘부터 선명해지기로 했다.

그와의 대화가 설렘으로 다가왔으면 좋겠다.

그리고 다시 이별할 때에는 후회 없이 펑펑 울었으면 좋겠다.

그날은 함박눈이 서러움 없이 내렸으면 좋겠다.

그 밤이 소곤소곤 내 어깨를 토닥여주면 좋겠다.

가만히 나를 바라봐 주었으면 좋겠다.

나는 서슴없이 흔들리지 않겠다.

나의 길과 너의 길이 아니었음을 알았기에 그 전에 포기 했지만

또다시 포기하고 만다.

사랑했다!

그 말이 너에게 위로가 되었으면 좋겠다.

아니 나의 진정한 마음이었으면 좋겠다.

바보야!

이, 바보야!

사랑했고 사랑했었다.

그렇다고 오해하지는 마!

단지 사랑했고 사랑했었다는 것 뿐!

의미만 남겨두자.

다가가지도 않겠지만 다가오려고도 않겠지만.

슬픔이나 아픔이라고 생각하지도마.

다만 설렘이었던 거야!

너를 만나러 가는 길에 나는 부정할 수밖에 없는 거야.

너도 알잖아?

그렇다고 너의 행복을 포기하지는 마!

그러면 나는 내 자신을 포기할 수밖에 없을 테니.

삶이란 그런 거래!

삶이란 지켜주는 거래!

삶이란 바라보는 거래!

울지 마!

이, 바보 멍충이!

아파?

그래도 참아!

미안해!

당신의 오늘은 어때?

내 머릿속에 돌리다가 만 빨래가 쌓여있다.

젖은 빨래를 이고 사는 기분이라니.

아마도 그리 유쾌한 일상들이 아니었던 모양이다.

이제는 빨래를 말리고 싶어도

내 머릿속의 세탁기는 고장 났는지 덜컹거릴 뿐

쉽사리 속력을 내지 못한다.

덜컥 겁이 난다.

이대로 살아가야 하는 것은 아닐까?

올해가 가기 전에 빨래를 말려야 할 텐데.

갑자기 큉한 두통이 밀려온다.

더는 빨래를 쌓아두지 않기로 스스로 다짐을 받고 또 다짐했
건만.

내 탓임을 부정하지 않겠다.

부품이 고장 났다면 고쳐야 할 터

자, 우선 젖은 빨래의 물기를 짜내고 보자!

그런데 참 웃기지.

이제서 빨래라니?

웃기지 않아?

왜 자꾸만 안주하려고 하는지 모른다.

왜 자꾸만 스스로를 부정하려고 하는지 모르겠다.

다 알고 있으면서도 모른 척 지나가려는 내 자신이 정말로 싫다. 순간순간 스스로 부정하거나 변명하는 꼴이라니. 누가 봐도 이즈음의 나는 형편없이 고개 숙이고 마는 바보가 되고 만다.

왜 돌아보는 거지?

왜 돌아보며 자책하는 거지?

알면서 모른 척 잡아 때는 그 뻔뻔스러움이라니! 나도 그런 나를 증오하고 싶은데. 왜! 왜 그랬을까?

나는 항상 젖은 옷을 입고 다닌다.

어때서?

입어서 말리면 그 뿐인데 라는 생각으로 오늘까지 걸어 왔는데. 뭐 어때? 지금에 와서 늦은 빨래라니?

웃긴다. 너!

오늘은 빨랫줄에, 빨래집개에 의지해 일광욕이나 즐겨볼까?

왜?

쑥스러워?

그런데 오늘뿐이잖아!

핑계일지도 모르겠어.

하지만 오늘은 나를 숨기고 싶지 않아. 그냥 젖은 빨래가 되어 비타민D 라도 능동적으로 받아들이고 싶어.

어쩌나!

실망?

당신의 오늘은 어때?

행복하다고?

아름답다고?

당신이 그 냄새나고 축축한 옷을 입었으면 지금 이 순간을 그렇게 표현할 수 있을까?

다행이야!

오늘 당신은 멀쩡하잖아.

나 이만 가 볼게.

그런데 말이야.

당신의 오늘은 어땠어?

나처럼 축축했어?

알고 싶어!

당신이 있는 곳까지

오랜만에 밖에 나오니 벌거벗은 기분이다.

흐물거리고 어지럽고 발걸음은 꼬이기만 한다.

이대로 어디까지 걸을 수 있을까?

그래도 당신이 있는 곳까지는 갈 수 있어야 하는데.

낯선 외출이다.

혼자라서 더 버겁다.

나에게 혼자라는 건 위험한 노출이다.

어느 누구도 다를 바 없는 일상적인 외출이 어느 순간 나에게
는

견딜 수 없는 아픔이 되었다.

그렇다고 언제까지 숨어 있을 수도 없는 일이다.

스스로 가라앉고 움츠리면서 자신을 감추고 마는 것

결국 스스로를 사랑하지 못한 채 자책하고 괴롭히는 것에 불
과하다는

것을 알고 있다.

하지만 스스로 감수 할 수 없다는 것은 더 가슴 아픈 일이다

나서야 한다

멈추지 말아야 한다.

그래야 당신이 있는 곳까지 갈 수 있을 테니까

알면서도 자꾸 의지가 꺾이고 마는 나를 보면서 나는 또다시

고개를 숙이고 만다.

아파야 할 이유는 없었다.

다만 서글프도록 그리웠고, 다만 서럽도록 울고 싶었을 뿐인데

그 시간이 길어지면서 점점 시들어 아프기 시작했다.

누군가는 아파야 청춘이라고 말했지만 아프기 때문에 청춘이 아닐까?

다시 당신에게로 걸어간다.

지치고 또 걸을 수 없더라도 그 길을 당신이 걸어갔기 때문에

당신을 만나러 가는 것은 아니다.

가야 하는 길이기 때문에 가는 것이며 단지 그 길에 당신이 있을 뿐이다

스스로의 의지로 가야하기 때문에 아픈 것이다.

그렇다고 무작정 걷는 것은 절대 아니다.

낙엽 따라, 바람 따라, 계절 따라 가다가 뒤돌아 봤을 때

누군가는 내 발자국의 흔적을 지우며 틀에 박히지 않은 길을

걷고 있다는

　희망이 남아 있었으면 좋겠다.

　그래서 걷는다.

　그런데 의미 없이 공허한 이 느낌은 뭘까?

　후회하지 않는 선택을 위해서 걷기는 하지만

　누군가는 나의 원하지 않는 약점을 노리고 있다.

　그래도 걷는다.

용기와 오기

거울 속의 너, 이 녀석아 너는 볼 때마다 왜 그렇게 화가 나
있니?

다가서면 산산이 깨져버리는 시간과 날카로운 기억의 조각이
흩어졌다.

눈물 찔끔 흘리고 마는 녀석, 그러면서도 뜬금없이 실성한 듯
웃어버리는 녀석.

통 알 수가 없다.

종소리가 울리고

또 목탁 소리가 울려

모든 세상의 근심이 사라질 수 있다면

비록 그 울림이 다르더라도 선명할 거라고 억측을 부리는 녀
석.

이 밤, 그 누군가를 생각하며 서럽다 못해 가슴이 찢어지는
아픔을 억누르며 넋 놓고 앉아 있는 녀석.

너는 어쩌면 그 계절 위의 발자국이었는지, 어쩌면 날 선 웃음이었는지도 모르겠다.

다가서면 손사래를 치며 뒷걸음치다가도 어느 순간 가까이 다가와 아무 일 없었다는 듯이 나란히 걸으며 투정 부리는 녀석.

아무리 이해하려 해도 이해 할 수가 없지만 왠지 가까이 있으면 가슴이 따뜻해신다.

하지만 언젠가는 그 흔했던 너도 기억에서 지워진 채 찾으려 해도 찾을 수 없겠지. 알면서도 아직 걱정하지 않는 것은 너의 흐름이 다정하기 때문이다.

받아들여야 하는 시간과 그 흐름이 지난하다고 지금 당장은 이곳에 서 있지만 막상 한 걸음도 내디딜 수 없을 것 같아 막연하다고 그 길 위에 억척스럽게 버티고 서 있는 것은 아닌지 모르겠다.

어쨌든 오늘 밤도, 그리고 계속될 오늘도 지난하긴 마찬가지일 테지만 가까스로 너와 함께 숨을 쉬어본다.

언제나 긴 터널이며 그 어둠 속을 걸어야 하는 것은 숙명일 것이다.

다시 한숨 가다듬으며 너는 또 무엇엔가 의미를 담겠지. 그렇게 혼자가 아니라며 일어나 훌훌 털어버리겠지.

거울 속의 너는 기억의 조각 따위에 연연하며 스스로를 흠집 내는 녀석이 아니었으니까.

"스스로 자기만의 세상에 갇혀버린 것은 아닐까?
이 은둔에서, 어쩌면 영원히 빠져나올 수 없을지도 모르겠다."

말하면 너는 언제나

"그러라지!"

하며 퉁퉁 부은 얼굴로 웃어버리곤 했으니까.
그래, 젊다는 것은 용기와 오기를 가졌다는 것이다. 그것마저도 가질 수 없었다면 넌 견딜 자신조차 없었겠지.

녀석이 떠난다 해도 나는 잡을 수가 없다. 영원히 옆에 있겠다고 약속했던 것도 아니었으니까.
다만 너를 기억하고 싶을 뿐이다.
너의 그 용기와 오기와 패기를 무뎌진 내 속에서도 찾을 수 있을까? 그래, 그래서 아직은 네가 내 곁에 머물고 있는 것인지도 모르겠다.

내일 아닌 오늘

또 연연한다.

오늘도 채우지 못한 그리움으로 남을 것이다.

이별이 아님을 안다.

내 호흡이 붙어 있는 한 나는 끈질기게 걸을 것이다.

오늘이 아닌 내일이 오늘로 다가온다.

그렇게 하루, 또 그렇게 일 년, 또 그렇게 살고 있다.

내일을 살아 본 적이 없다. 내일은 항상 오늘로 다가오는 것이니까. 물론 모레를 살아 본 적도 없다.

내일이나 모레나 일주일 후나 한 달 후나 일 년 후를 나는 분명 살아갈 테지만 단지 오늘일 뿐이다.

1년 전의 나를 기억하지만 1년 후의 나는 존재하지 않는다. 1년 후의 오늘로 달려가 그 삶을 살지 않는 한 나는 모를 것이다.

삶과 죽음이 공존하는 시간을 위태롭게 걸으며 오늘을 살아가는 것은 어쩌면 고통일지도 모르겠다.

하지만 누구나 그런 시각으로 오늘을 바라보지는 않는다.

나, 너무 나약하고 유약해진 것은 아닐까?

삶을 너무 흐릿하게 보고 있는 것은 아닌지 모르겠다. 살아온 그 동안의 오늘로 인하여 나 자신이 서럽게 무뎌진 것은 아닌지. 점점 마음이 메말라 가는 것은 아닌지 모르겠다.

내일을 왜 오늘이라고 단정해 버리는 것일까? 내일은 내일일 뿐이고 내일이 오늘로 다시 태어난다는 것을 왜 나는 부정하려는 것일까?

어느 순간부터 의미 없이 모든 것을 부정하려는 내 자신과 마주하고 있다. 커피 한잔 시켜놓고 앉아 막연하게 나를 바라본다. 그런데 바라보면 볼수록 내 자신이 익숙해지지 않는다.

생판 남인 것처럼 부담스럽기 만한 나의 너. 다가갈 수 없는 먼 거리에 위치해 있을 것 같은 나의 낯선 모습에 차마 다가갈 엄두를 내지 못한다.

제기랄!

언제부터 내가 거리를 둔 채 그곳에 서 있었는지 모르겠다.

왜 그런 나의 손을 놓았는지 정말 모르겠다.

손을 뻗어보지만 나인 네가 내 손을 선 듯 잡아주지 않는다. 내 자신을 너무 방치했던 것은 아닐까? 스스로 나 자신을 부정하고 외면했던 것은 아닐까? 이 공허함은 뭘까?

이럴 때 멀지도 그렇다고 가깝지도 않은 친구에게서 전화가 왔으면 좋겠다. 거리낌 없이 대화를 주고받다가 만나자고 손 내

밀면 체온이 느껴지는 그런 친구. 그런 친구라면 내 속마음을, 나의 변해버린 나를 보여줄 수도 있을 텐데.

낯선 나를 더는 바라보고 있을 자신이 없다.

서둘러 낯선 나를 외면하고 나오는 길. 바람이 싸하다. 마치 나의 가슴을 헤집어 놓고 지나가는 것처럼 쾽하다 못해 아리다.

오늘을 살아가면서 나는 어땠는가?

오늘을 까맣게 잊은 채 걷는 것에만 연연했던 것은 아닐까?

누군가 나에게 속삭이는 것 같은데 알아들을 수가 없다. 그럴수록 나는 점점 예민해지지만 그러면서 둔탁하게 굳어 버린다.

나는 오늘을 살았던 것일까?

아니면 내일을 살았던 것일까?

혼란스러움으로 가득한 시간!

나는 오늘을 다시 되짚어 본다. 나는 오늘을 살아온 걸까? 아니면 그냥 발버둥 치며 오늘을 부정한 것일까?

오늘을 살아가며 나에게로 가는 길이 너무 버겁다고 생각한 것은 아니었는지. 나는 다시 뒤돌아 나를 쏘아보고 있는 나와 마주한다.

"난, 비겁하지 않았어!"

낯선 내가 나에게 말한다.

함께 걷는 길

길이 너무 넓다.

혼자 걷기에 소심해지는 날.

길이 너무 넓어서 위축되는 순간

쌩하니 지나가는 오토바이의 꽁무니를 보면서 순간 움칫한다.

급할 것 없는 이 길을 나는 너무 바삐 걸어가고 있는 것은 아닌지.

*

길을 좀 더 좁혀 촉촉하게 젖은 골목길로 들어선다.

반가운 누군가와 만날 수 있을까?

그 누군가가 몹시 그리운 날이다.

그런데 안면인식장애로 서러운 길이다.

내가 인식하지 못하면 상대가 나를 인식할 수 있지 않을까?

*

요즘에는 다른 누군가와 많은 대화를 나누어 본 적이 없다.
근래에는 휴대전화마저 울리지 않는다.
몰려다니던 20대의 그 왁자했던 청춘은 어디로 갔을까?
아마 그때, 그 시절에 고스란히 남아 있을 테지만
꺼내놓고 술안주로 삼기에는 너무나 무뎌져 버렸다.
이 길 위에서 작은 그리움 하나 꺼내 본다.

*

혼자 걷는 것이 그저 낙이다.
이 길에서 만나게 되는 낯섦과 익숙함.
만남과 친구, 하지만 기약 없는 약속이며 이별이다.
다가서고 싶다가도 나도 모르게 한 발짝 뒤로 물러서고 마는
그런 나이가 되었다.
다가가 손 내밀면 서슴없이 따뜻하게 잡아 줄 반가움을 이 길
위에서
마주하고 싶다.

*

누군가 나의 행세를 하고 이 길 위를 걷는 것은 아닐까?
나로 위장한 채 걷고 있는 녀석

이제 녀석이 지긋지긋하다.

그 녀석을 다시는 만나지 않을 생각이다.

반복되던 오늘도 이제는 사양할 생각이다.

오늘은 조용히 몸속의 묵은 때를,

체념 없이 흘러간 시간을 지울 생각이다.

아무 생각 없이 이 길을 걷다보면 나는 어느 즈음에 서 있을까?

*

못된 상상을 꿈꾸는 시간.

내 머릿속의 그 녀석이 나를 놓지 않는 한

어쩌면 큰일이 벌어질지도 모르겠다.

내가 살기 위해선 녀석을 버려야 한다.

버려야 할 것이 많은 길이다.

길은 어디로든 뚫려 있지만 길 없음의 막다른 골목도 있는 법이다.

*

어디에 있는 것일까?

아무리 찾아봐도 너를 찾을 수가 없다.

어디로 사라진 것일까?

내 곁에 있었지만 정작 곁에 없었던 너.

너의 존재를 나는 확인할 수가 없다.

그 어디에도 너는 없다.

꿈이었을까?

그렇지 않고서는 그렇게 감쪽같이 사라질 수 없는 일이다.

*

우린 늘 함께 걸었지만 우리는 늘 다른 곳을 바라보며 걸었는지도 모르겠다.

그러다가 서로 다른 남이 되어 다른 길을 걸으며 외로워할 뿐이다.

어쩌면 함께 걷고 있으면서도 인식하지 못하는 것인지도 모르겠다.

다시 한 번 주위를 둘러본다.

네가 나를 잊은 것인지 아니면 내가 너를 잊은 것인지.

네가 떠난 것인지 내 스스로 너의 곁을 떠나 온 것인지.

홀로 걸을 때는 너무 많은 것을 생각하게 만드는 길 위에서 잠시 주춤거린다.

나의 방향을 찾아서.

거짓말하기 좋은 날

색안경을 끼고

아무 것도 하기 싫은 날.

그저 숨만 쉬고 싶은 날.

지나 온 그 시간이 너무도 힘들었던 것일까?

아니다.

앞으로의 또 걸어야 하는 그 시간이 자신 없어지는 날.

하릴없이 이 자리에 앉아서 울고 싶어지는 그런 날.

넋을 놓고 앉아 아무 것도 손에 잡히지 않는 날.

그 어떤 의욕도 생기지 않는 날.

색안경을 껴본다.

사랑을, 삶을 색안경으로 바라본다.

바람직하지는 않지만 당분간은 여러 가지 색의 안경으로 나를 바라보고 싶은데 세상은 그런 나를 어떤 표정으로 대할까?

거울 속의 나를 바라보듯 나를 외면할 수 없는 일이지만 그렇다고 선뜻 일어서서 걸을 수가 없다.

누군가 나의 손을 잡아 주었으면 좋겠는데. 그러나 삶은 어차피 혼자 걸어야 하는 길이다.

누군가 대신 걸어주는 길도 아니다.

무슨 바람이 불었던 것일까?
네가 보고 싶어서였을까?
마음이 무거워 이 새벽을 걸었다.
눈인지, 비인지
속절없이 내리기는 하는데.
잠시 지나가는 설익은 그림자일까?
그 그림자가 나를 삼켜버렸으면 했다.
그러나 나는 얼마 걷지 못하고 되돌아섰다.
이 새벽에 나는 오랜만에 그 골목에 서 있었다.

너와 함께 걸었던 그 길 위에 서서 너와 함께 했던 그 아련한 추억들을 떠올려 본다. 그러나 한 순간 또다시 의미 없어진다.

이미 지나간 시간일 뿐이다. 돌이키려는 순간 지금의 나는 한없이 초라해질 것이다. 알기에 가만히 주저앉는다.

이 순간은 아무 것도 하지 말아야 한다.

그렇다고 너의 존재를 철저하게 부정하려는 것은 아니다. 너를 생각하면 할수록 내 자신은 아플 수밖에 없기에 거리를 두고 있는 것뿐이다. 바라보면 볼수록, 생각하면 할수록 점점 더 간절해지는 너.

해서 나는 아무 것도 할 수가 없다.

오늘 같은 날.

네가 몹시도 보고 싶고, 네가 한없이 그리워지는 날.

펑계가 될 수도 있겠지만 나는 그 어떤 것도 할 수가 없다. 스토커가 되어버린 듯한 이 기분은 또 뭔지?

처음부터 이별은 무리였는지도 모르겠다.

처음부터 만남은 아픔의 시작이었는지도 모르겠다.

사랑을 너무 가볍게 생각했던 것은 아닌지, 너의 존재를 대수롭지 않게 판단했던 것은 아니었는지.

아무 것도 하기 싫은 오늘 너를 생각하며 나는 절실하게 후회하지만 내가 할 수 있는 일은 나를 책망하는 것뿐이다.

한동안은 아파야 하고 또 그리워해야 하겠지.

지나가는 철지난 성장통처럼!

얼마 만인가?

주말 같지 않은 주말.

그래도 시작을 해야 하는데 갈피를 잡을 수가 없다.

감각을 느낄 수가 없다.

눈을 뜰 수도 감을 수도 없다.

처량하다 못해 한심한 신음이 터져 나온다.

이런 시작은 상당히 불쾌하다.

체한 시간을 금방이라도 게워낼 것 같은데.

이 감당할 수 없는 불안함은 또 뭐지?

우선 최대한 숨을 가다듬는다. 그리고 신체의 체온과 감각에 집중하며 살며시 눈을 뜬다.

그 순간 나를 짓누르던 모든 것이 포근하고 따듯해진다는 최면을 건다. 하늘을 날 것 같은 가벼움이 순간 나의 몸을 부추긴다.

주말이 되면 저절로 몸이 점점 무거워진다.

운동이라도 해야 할 것 같은데. 계절 탓을 하며, 날씨 탓을

하며 나 자신을 뒤로 숨기는데 어쨌든 무슨 수라도 써야 할 것
같다.

맑지 않은 퀭한 눈과 퉁퉁 부은 얼굴 게다가 늦잠 때문에 생
긴 주름하며 보면 볼수록 가관이 아니다.

주말에 침대 위에서 뒹구는 게 고작이라니. 아무리 봐주려고
해도 봐줄 수가 없는 나태함이 방안 곳곳에 묻어 있다.

마음을 가다듬고 애써 샤워를 하고 나오지만 정신은 아직 혼
미할 뿐이다.

그동안 미루어 두었던 방청소를 하기 시작하는데 하면 할수
록 짜증만 날 뿐이다. 이럴 거면 낮잠을 더 잘 걸 그랬나?

하지만 처음의 불쾌함은 점점 사라지기 시작한다.

뭐라도 해야 피로도 가시는 법이다. 마치 몸에 쌓인 숙취가
땀과 함께 몸 밖으로 스르르 빠져 나가는듯한 나른함을 느낀
다.

상념을 앞세워 본다.
얼마 만인가?
이 소리 없음이 좋다.
나를 발견하고 확인할 수 있음이 좋다.

긍정적으로 자신을 바라본다면 언제든 행복해질 수 있다.
멈추지는 마라.

그러면 언제든 행복해질 수 있을 것이다. 아직 식지 않은 마음이라는 불씨가 있기에, 그리고 아직은 젊기에.

한 걸음씩 다가가고, 다가가고 또 다가가면 그 희망을 움켜쥘 수 있을 것이다.

포기하지 않겠다.

앞서나가지도 않겠다.

너무 성급하면 그만큼 빨리 지칠 터이니.

차근차근 나를 이끌어 볼 생각이다.

나 자신에 대해 너무 무심했던 것은 아닌가 하는 생각이 든다. 내 스스로에게 무엇을 해 주었는지, 자신을 즐겁게 해 준 적이 언제인지, 근래에 행복하다고 생각했었는지 스스로 묻는다.

정작 나는 나를 내세운 적이 없었던 것 같다. 스스로 나선 적도 없었다. 이제 나에게 선물을 해 줄 생각이다.

자, 이제 다른 사람에게도 나를 보여 줄 시간이다.

긍정적인 자세로!

공황 속에서

곰도 아닌데 겨울잠을 자려 했나?

급격하게 불어난 몸무게.

어차피 지탱할 수 없는 문제다.

아마도 쌓인 것이 많아 그럴 터이다.

습기 먹은 눈이 가슴에 쌓인 터일까?

이제 봄을 기다리며 가슴에 쌓인 무게를 정리한다.

이제는 바보처럼 울지 않을 것이다.

그러나 사무치도록 아프기 싫은 계절이다.

걸을 수도 없고,

숨 쉬는 것이 설움이 되어 심장을 콕콕 찌르는 통증은 차라
리 공포였다.

삶은 가시였다.

어느 정도 익숙해져 억지로 걸을 수는 있었지만 언제나 불안
했다.

혹시 이렇게 걷다가 낯선 어느 길 위에 쓰러져 막연하게 누

군가의 도움을 청하게 되지는 않을까 하는 아찔함을 수도 없이 겪었다.

죽음과 삶의 어중간한 자리에서 이도 저도 할 수 없는 상황을 맞이하는 고통은 겪어보지 못한 사람은 알 수 없을 것이다.

처음에는 알 수 없이 찾아 왔다.

그 다음에는 소리 없이 찾아 왔다.

그 후에는 시도 때도 없이 찾아와 괴롭히기 시작했다.

연인도 아닌 증오의 대상이었지만 언제나 곁에 있었다.

외면하면 더 가까이 다가와 치밀하게 내 목을 조이기 시작했다. 차라리 나를 포기하고 싶었다. 그래서 그 무언의 대상에게 손을 내밀기도 했지만 녀석은 딱 거기까지 만이었다.

실체를 알 수가 없었다.

다가서면 멀어지고 제 맘 내키는 대로 무차별적으로 찾아와 괴롭히는 데도 나는 대항할 수 없었다.

나는 그렇게 무뎌졌다.

삶과 죽음이 무뎌진 시간.

하지만 계절의 어중간에 머물러 있을 수는 없었다. 스스로 좌절한 채 숨죽이며 숨어 있을 수는 없었다. 그래서 무작정 걷기 시작했다.

아프면 아픈 대로.

걷다가 정 걸을 수 없으면 쉬어가면 그만이었다. 그 지옥 같은 시간을, 삶과 죽음의 선상을 수도 없이 오갔지만 그뿐이었다.

그 무언의 대상은 예고 없이 찾아 왔지만 나는 무뎌질 대로 무뎌져 상대의 징후를 느끼기 시작했다.

그 대상이 다가서면 나는 물러섰고, 그 대상이 물러서면 다가가기를 반복했다. 그리고 알게 되었다. 내가 아픈 것이 아니라 그저 가슴이 멍들었을 뿐이라는 것을, 가슴이 턱없이 허했다는 것을.

이제 정리해 본다.

이제 계절을 스스럼없이 받아들이기로. 그러다 보면 그 어떤 계절이 와도 아프지 않을 것이라는 것을 이제는 알 수 있을 것도 같다.

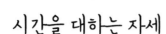

시간을 대하는 자세

지난밤 의미 없이 신나게 달렸다.

시간을 날로 먹었다.

무작정 사랑을 찾아 헤매고 다녔다.

그런데 그 다음부터는 기억나지 않는다.

어떻게 집에 기어 들어왔는지도 모른다.

왜 이렇게 불안한지 모르겠다.

결국, 미친개가 되고 말았구나.

혹시 누군가를 물지는 않았나?

그러나 후회해도 날로 먹은 시간을 돌이킬 수는 없다.

오늘은 내 몸이 탈이 났다.

시간도 좀처럼 흐를 생각을 하지 않는다.

멈추어 버린 것인가?

아니면 내 스스로 멈춘 것인가?

어느 낯선 술집의 구석진 자리에서 시간이 멈춘 것 같은데.

누군가와 전화 통화를 한 것도 같은데.

간절한 그리움 속 그대였는지도 모르겠지만 그저 희미할 뿐이다.

휴대전화의 통화기록을 보면 알 수 있겠지만 오늘은 생략하기로 한다.

날로 먹은 시간에 대한 두려움 때문이다.

차라리 이대로 잊는 것이 나을지도 모르겠다.

기억을 찾을 생각은 추호도 없다. 그런데 왜 자꾸만 그 기억의 소각들이 하나 불씩 되살아나는지. 낭흑스럽나 못해 못뷘 죄를 지은 것처럼 내 자신을 용납할 수 없을 것만 같다.

그 기억의 조각들이 다시 되살아나기도 전에 산산이 부서져 바람에 흩날려 흔적도 없이 사라졌으면 좋으련만.

조각의 날카로운 모서리가 내 가슴을 찌른다.

아! 도대체 지난밤 무슨 짓을 하고 돌아다닌 거지?

돌이킬 수 없어 입이 텁텁하다. 얼음물을 마시는데 영 개운치 않고 물맛조차 이상하다.

이 맛은 필시 저승과 이승을 오도 가도 못하고 방황하는 길 잃은 맛일 것이다.

아!

그 와중에도 배가 저절로 부른 이유는 무엇인지.

차라리 에스프레소 더블 샷을 열 잔 마시라면 선뜻 나서겠지만 이 맛은 도저히 용서할 수 없는 맛이다.

시간을 대하는 자세에 대한 오류다.

잠깐의 흐트러짐에 대한 감정의 상실로 머릿속에서 배탈이 난 것이다.

늘 적당한 선을 긋고 그 범주를 벗어나지 않으려 노력하지만 결국에는 또 실수를 하고 만다.

인간인 탓이다.

인공지능 프로그램인 알파고였다면 이런 실수를 범하지는 않았을 것이다.

인간이 시간을 대하는 자세는 제각각이겠지만 따져보면 얼마나 훈훈한가? 그런 면에서 오늘은 나를 용서하기로 했다.

까짓! 한 번이 두 번 되고 두 번이 세 번이 된다고는 하지만 그 자세가 너무 딱딱하면 왠지 더 어색할 것 같은 생각이다.

허술함이 때로는 약이 될 때도 있는 것이다.

오늘의 할 일!

조각난 기억의 조각을 맞추어 놓기와 숨쉬기!

불면의 날

변함이 없다.

내 불면의 밤은 여전히 변하지 않는 숙제일 뿐이다.

쓰레기통에 처박고 싶어도 그 시작이 모호하기 때문에 뿌리째 도려낼 수가 없다.

그저 불면을 받아들이고 즐기는 수밖에.

다가온 오늘도 거부하거나 마다할 수 없이 받아들이는 것처럼.

변함이 두렵다.

다시 시작해야 하니까.

통째로 나를 바꿔야 하니까.

생소하고 낯선 내가 될 터이기에.

이대로 멈추어 버려라.

이대로 흘러가 버려라.

나는 못 본 척할 것이다.

앞을 바라보지도, 뒤돌아보지도 않을 것이다.

눈을 감는다.

유체이탈을 시도해 밖에서 쭉정이인 나를 바라본다.

진실과 거짓이 뒤죽박죽되어 혼란해지면 차마 나를 볼 수가 없다.

나는 어느새 네가 되어버리고 너는 누군가가 되어버린다.

착각이나 착시 현상은 아니다.

다만 안주할 수 없기에 외로운 여행자가 되어야 한다.

변함은 그 시작에 불과하지만

나는 그 변함이 불만이다.

변하지 않고 나를 지킬 수 없는 것일까?

모호함이 나를 겁박하기 시작하면 나는 결국 변하게 될 것이다.

그러나 낮과 밤이 그렇게 중요한 것인가?

낮이 밤이 되던, 밤이 낮이 되던 상관없다.

익숙함이면 된다.

불면은 그렇게 내게 익숙함으로 다가왔다. 약을 먹는 것은 나를 외면하려는 핑계에 불과할 따름이다.

익숙해지고 난 나에 대한 낯설음이 나를 바라본다. 그러면 나는 그러려니 한다. 어느 정도의 일정한 타협이 있으면 좋겠지만 오래된 지병처럼 포기하고 만다.

불면이든 숙면이던 삶의 의지만 벗어나지 않으면 되지 않을까?

　가끔은 불면의 날도 필요한 법이다.

　어디든 무작정 안주하지 않으면 되는 것이다.

　안주하는 것은 지나간 그때의 나면 족하다. 삶을 살아가면서
인간은 어느 한곳에 안주할 수 없다고 보는데.

　당신의 생각은 내 불면만큼 더 선명할 수 있는지 묻고 싶다.

　나는 지금 흘러가는 시간을 거스르고 싶지 않을 뿐이다.

　오해 없으시길!

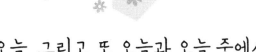

오늘, 그리고 또 오늘과 오늘 중에서

서러워서 울었다.
가식 때문에 울었다.
일어설 수 없어서 지난 밤 울었다.
너 때문에 울었다.
오늘은 울기만 하겠다.
울다가 죽었으면 하는 오늘이다.
왜 그냥 이렇게 아픈가?
눈물이 탁하다.

아직 오늘이 남았다.
그리고 또 시작이다.
그래서 늘 오늘이다.

다 내 마음 같지 않다.
다 내 마음 같았으면 이렇게 절박하지는 않았겠지.
서럽게 어지럽다.

오늘은 꿈속에서 너에게 가지 않겠다.

내 기억이 서서히 시들어 간다.
비가 내려도 이제는 아프지 않다.
무뚝뚝해진 나를 보는 순간에도,
밀린 원고의 교정을 보면서도 나는 기억을 잃어간다.
어쩌면 시원섭섭한 말이 옳은 표현인지도.

바꿀 수 있을까?
시작을.
시간이 비틀어져 그곳에 내가 서 있다면 과연 행복할까?
계속 비틀어지고 망가질 텐데.
시간 여행은 참 힘들다.
나는 바꾸기 위해 걸어간다.

비 오면 그랬다.
네가 비 맞을까 해서 우산 들고 버스정류장에 나갔었지.
네가 총총 뛰어가면 우산을 펴들고 나는 아무 일도 없었던
듯
담담하게 너의 곁을 걸었지.
벌써 25년도 넘은 일이구나.
참!

그때는 그랬는데.

자기야!

잊었니?

너의 눈을 보았다.

그 속에서 나를 보았다.

그 모습이 변함없기를.

나는 그렇게 맑고 또렷한 너의 눈을 이제는 볼 수 없을 것이다.

너의 눈에서 나는 이미 찾아 볼 수 없는 존재가 되어버렸기 때문이다.

그래도 너에게 달려가는 꿈을 꾸곤 한다.

얼핏 꿈속에서 너의 손길과 촉촉한 감촉을 느끼곤 하지만

나는 결국 단정 짓지 못한다.

너는 나에게서 형언할 수 없는 무언의 존재가 되었다.

그 계절에는

계절을 잊은 지 오래다.

눈이 내린다고 겨울은 아니다.

비가 온다고 봄이나 여름은 아니다.

그해 서울에는 3월 31일에도 눈이 내렸다.

그 이후로 나는 온전히 혼자였고, 혼자 식사를 했고, 혼자 잠
을 잤다.

그래서 계절은 내게 그리 중요하지 않다.

그렇게 계절을 시름시름 앓아 왔는지 모르겠다.

*

간만에 노트북에 흩어져 있던, 밀린 숙제가 되어버린 파일들
을 열어 보았다.

낡아 버린 시간.

나는 결코 완성하지 못할 것이다.

＊

이제 소유했던 것을 모두 버려야 한다니 서글프다.
이제는 소유하지 않을 것이다.
귀찮음이다.

＊

그래도 시작해야 한다.

＊

물감이 아깝다.
그해 첫눈이 내리던 계절
그냥 바라보고 있었으면 스르르 녹는 순백이었을 것을
하릴없이 탁한 본연에서 서성거리다가 발자국을 찍는 순간
터져 나오는 시퍼런 칼날 같은 하물며 서러운 죄를 지었다.
순백을 긋는 순간 검은 그림자 선명해지는 계절이 되고 말았
다.

＊

무엇이었을까?

스쳐 지나가다 멈춘 당신의 혼이었을까?

나는 그런 당신을 사랑했던 것이다.

*

꿈속, 그곳에 누군가 앉아 있었다.

무작정 떠나려는 여자!

길을 잃을까 봐 걱정이 되지만 부디 다시 되돌아올 수 있기
를 바랄 뿐이다.

그 여자 어쩌면 되돌아오지 않을지도 모른다.

그래도 난 기다려야 한다.

그녀를 가슴에 담아두었기에.

*

잔뜩 찌푸린 하늘,

뜨다가 구름에 가린 해,

날 서지 않은 바람,

간혹 흩뿌리는 엷은 비,

횡단보도 앞에 하늘거리는 옷차림으로 신호를 기다리고 있
던 서 있던 그녀,

표정 없이 발길 재촉하는 사람들,

어디에선가 속삭이는 소리,

언젠가는 그리워하게 될 이 순간,

나는 보았다.

소리 없이 여심을 흔드는 그 바람의 서럽게 뜨거운 욕망의 본심을.

달려가 녀석의 싸대기를 갈기고 싶었다.

녀석도 아파야 한다고.

통증을 느끼지 못하는 녀석의 존재가 퍽이나 안타까운 날.

바람은 진짜 통증을 느끼지 못하는 것일까?

나는 어디로 가는 것인가?

나가지 말걸 그랬다.
보지 말았어야 했다.
움직이지 말았어야 했다.
그냥 되돌아 왔어야 했다.
결국, 시간에 속고 말았다.
웃음에 울고 말았다.
퉁퉁 부은 눈으로 스스로를 이기지 못한 채 주저앉았다.
또다시 내가 아닌 내가 시간을 훔쳤다.

변한 것이 아무것도 없는 삶의 방향을 따라 터덜터덜 걷는
다.
저 앞에서 손 흔드는 나.
정말 나일까?
모르겠다.
내일을 오늘이라고 사칭해 버리는 나.
언제쯤 거짓 없는 나를 온전히 소유할 수 있을까?

많은 것을 소유했기 때문에

어쩌면 나를 소유할 공간이 부족한 것인지도 모르겠다.

길면서도 짧은 시간의 텅 빈 터널을 의미 없이 걷는 것은 아닌지.

어린 동심의 꿈과 희망은 어디로 사라져 버린 것일까?

점점 천박해지는 나!

자꾸만 나를 떼어내려는 시간!

그래서 사랑을 하고 싶다.

다른 시각의 나를 발견하고 싶다.

하지만 겁이 난다.

그러다가 지루해졌을 때 더 천박해지는 것은 아닌지.

시간과의 섹스가 유쾌하지 않은 날이다.

무뎌지는 삶의 저울질조차 나를 외면하는 이 이질감은 또 뭔가?

나는 어디로 가는 것인가?

그리고 너는 어디로 간 것일까?

점점 난해해지는 임의의 무게.

생각하고 싶지 않은 것들의 일부다.

내게는 이 화창한 봄날도 아깝다.

아물지 않는 상처에 소금을 뿌리며 스스로 신뢰 없는 길을 걷는 바보 같은 사람.

상처는 아물지 않을 것이다.

오늘에야 비로소 나를 알았다.

그 상처에 대한 기억은 아무는 것이 아니라 스스로 희미해지는 것이다.

그러면서 익숙해지겠지.

오늘을 걷는 이 순간에도 멈추지 않고 그런 나에게 무뎌지는 것이다.

그처럼 시간은 기억을 먹는다.

씨앗의 터널에서 기어 나오는 뱀의 꼬리를 물었는지, 삼켰는지 줄줄이 터져 나오는 탄성의 무게.

저만치 물러서면 득달같이 달려와 코를 맞대고 쿵쿵거리는 소리를 냄새가 먹는다.

노래를 먹었다.

하품이라고,

때문이라고,

그림자라고,

저 흐린 태양을 가로막는 스쳐 지나가는 동공 하나,

내 속으로 다시 스며드는 상처 하나, 이맘때에는 꼬리를 잘라버릴 수 없다

가는 계절에는

밤을 꾹꾹 눌러 끈다.

그래도 꺼지지 않는 밤.

얼마나 더 타오를지 모르겠다.

그렇게 어둠은 가는 거다.

활활 불타오르지도, 미련스럽게 시들지도 않고 시냇물처럼
흐르는 밤.

누가 이 변하지 않는 형벌을 내렸는가?

이 시간에도 깨어 있는 사람은 나 혼자만은 아닐 터.

그들도 나와 같은 죄를 지은 것일까?

가는 계절을, 오는 계절을 막을 수는 없다.

싱싱한 젊음은 순간이라는 것도, 늙어가는 것 또한 순리라는
것도 절실하게 느끼며 걸었던 길.

친구의 어머님이 어처구니없는 춤을 추었다.

또 다는 친구의 아버님이 6개월을 힘겹게 버텨내며 마지막
호흡을 가다듬었다.

길을 나선 집안 아저씨의 손자가 아들의 이름과 같다는 것도
알았다.

떠나기 좋은 날이었을까?

떠나야 하는 날이었을까?

다시 또 장례식장.

오는 길에 올해 들어 처음으로 꽃을 보았다.

흐드러지게 피지는 않았지만 게 중에는 지는 꽃도 있다.

이 더위를 어쩔 거냐?

숨차게 달려온 봄.

그러나 이제는 봄에 여운을 두지 않겠다.

가시는 걸음 무겁지 않기를 미련 따위는 훌훌 털어버리시길.

나도 갈 때는 내 마음대로 가겠다.

갈 때는 내 멋대로 가겠다.

우는 사람들 뒤통수 치고 멋지게 갈 테다.

내 아들아.

나, 가게 되면 장례식장에서 눈물 흘리지 말고

나이트클럽이나 빌려 문상객들과 함께 웃고 떠들면서 놀았
으면 좋겠다.

오늘을 살아가면서

하루가 다르게 변해가는 나.

점점 무서워진다.

내 속에는 분명 악마가 존재할 것이다.

더는 추한 얼굴로 변해가지 않기를 바랄 뿐이다.

삐뚤어지지 않은 내 젊음이 그립다.

외모 보다 그 내면이.

누군가 그랬다.

"네가 낯설 때가 있어. 내가 알지 못하는 생판 남인 사람처럼..."

"너는 너무 많이 변했어. 알아볼 수 없을 정도로"

맞다.

사람은 한결 같을 수 없다. 그렇지만 변해도 너무 많이 변했다. 길을 걸어가다가도 나는 그 사람을 아는데 그 사람은 나를 알아보지 못할 때가 있다. 또 어느 때는 그가 나를 알아보는데 내가 그를 알아보지 못할 때가 있다.

그렇게 스쳐지나간 사람들이 얼마나 될까?

바빠서, 때로는 삶이 지난해서 라는 변명을 해 보지만 변명
일 뿐이다. 그만큼 우리가 동심에서 너무 무뎌져 버린 것은 아
닐까?

언제나 내 위수였던 것은 아닐까? 아니면 누군가에게 나를
맞추어 버린 것은 아닐까?

어쨌든 지금의 나는 예전의 내가 아니다.

누군가의 조언을 귀담아 듣지 않을뿐더러 상대의 말에 반감
을 가지며 한귀로 듣고 다른 귀로 흘려버리기를 반복해 온 삶
의 결과는 아닐까 생각하는데.

오직 자신에 갇혀 살아가는 사람, 오직 자신만을 사랑하는
사람, 오직 자신의 목표에 집착하는 사람.

그들이 다름이 아니다.

현실 직시의 문제가 아닐까?

우리도 그런 삶을 살아가고 있기에 별다름을 알 수 없는 것
이다.

거울을 보듯 자신을 보고 있으면서도 알지 못하는 것은 이기
적으로 변해버렸기 때문이다.

나는 가끔 상심을 느낀다.

변해버린 것은 유독 나뿐이 아닌데 나를 이상하게 바라보는 사람들의 모습을 보면서 나도 한마디 내뱉는다.

"내가 변한 것이 아니라 당신이 변한 것 같은데!"

그러나 어차피 설득력 없는 말이 되고 만다.

그들은 자신은 일관성 있고 또 변하지 않았다고 고개를 절레 절레 흔들어 댄다. 자신의 변화를 알지 못하기 때문이지만 인정하기 싫은 것이다.

나 역시 같은 부류의 사람에 속한다는 것을 부정하지는 않겠다.

삶을 살아가면서, 오늘을 살아가면서 몇 번이고 자신을 되돌아 봐야 하는데 우린 얼마나 자주 자신을 돌아보는가?

나는 점점 내 자신이 사악해지고 있음을 알고 있다. 살아가면서 너무 약아버린 것은 아닐까 하고 생각할 때도 있지만 역시 인정하지 않는다.

다시 생각해 본다

나는 오늘을 살아가면서 과연 어떠한 자세를 취하고 있을까?

너무 나를 과신하고 있는 것은 아닌지?

예전의 나 자신을 찾을 수 있을지?

그렇다고 스스로 주눅 들지는 않겠다.
오늘은 주눅 들어 지는 것이 아니라 오히려 용기 내어 오늘
을 이겨내는 것이기에. 그래야 내일이 오늘이 될 수 있기에.
오늘은 또 멋진 오늘이 되어야 한다.

봄비 탓일까?

막상 음식점에 들어서자 먹고 싶은 것이 없다.

마음도 몸도 찌뿌드드한 날이다.

머리에서 시키는 일을 몸뚱이가 거부한다.

너에게 달려가 너덜너덜해진 내 속마음을 풀어 놓을 수 있을지 모르겠다.

배고프지 않아도 그냥 먹으련다.

마음의 살을 찌우지 못하고 몸뚱이만 부풀린다.

봄비 탓일까?

스스로 하늘이 되고 싶었지만 결국 찌그러지고 만 욕심이 되어 골목길을 걷는다.

내 탓 네 탓 하지 말자.

때로는 주저앉고 싶지 않아도 주저앉을 수밖에 없는 날도 있는 것이다.

그냥 울어라.

후련해질 것이니.

버려진 우산이라도 다 쓰레기가 되는 것은 아니다.

다 쓸모와 용도가 있는 것이니 함부로 대하지 마라.

걷어차인 마음이라도 시각의 차이일 뿐이니 존중하는 의미를 두자.

상처를 만들지는 말자, 상처를 주지도 말자. 좀 더 소중하게 받아들여주자.

그러면 알게 될 것이다.

적어도 내 삶의 주체가 내가 되어야 한다는 것을.

*

오늘은 꿈이었으면 좋겠다.

그냥 꿈속.

아련해지는 기억,

혹은 몽롱한 그 어디쯤에서 보고 싶은 그와 오늘을 꿈꾸었으면 정말 좋겠다.

그 어떤 걱정도 없이 그 속에서 온전히 하루를 보내고 싶다.

그렇다고 오늘을 버리겠다는 말은 아니다.

오늘 또한 소중하기에,

한 번뿐인 오늘이기에 게을리 할 수 없다.

할 일이 많은 오늘이다.

들들 볶는 소리가 벌써 시작이다.

그림을 그려 본다.

그러다가 생각한다. 팔레트도 그림이 될 수 있을까?

이 시간에 텅 빈 허기가 가슴속에서 불쑥 튀어나왔다.

그러고 보니 어제 아침 겸 점심을 먹은 것이 전부다.

아침이건, 점심이건, 저녁이건 상관없다.

허기짐은 살아있음이니까.

지금 너에게로 간다

방향은 알 수가 없다.

하지만 이 공간에 같이 있음은 분명하다.

삶의 소박한 냄새가, 낯설지 않은 소리가 혼자가 아니라는 것을 대변하듯 귀에 착착 감긴다.

시장통은 나름 많은 것을 느끼고 볼 수 있는 준비된 곳이다.

스쳐 지나가는 소리에 익숙해야 하는 곳, 자리 회전율이 빠른 곳 중의 한 곳이다.

이곳에서 돗자리 펴고 앉아 있다가는 쥐도 새도 모르게 밟혀 죽을지도 모르겠다.

난 엎드려 안마 받을 준비가 되어 있다.

그들의 방향을 따라가 본다.

*

의미를 상실한 것인지.

아니면 의미를 부여받지 못한 것인지 알 수는 없으나

그렇다고 스스로 초라해질 이유는 없어.
너는 충분한 가치와 자격이 있으니까.
다만 잠시 길을 잃고 주저앉아 있을 뿐이지.
자, 내가 일으켜줄게.
앞으로는 웃고 싶으면 웃고, 울고 싶으면 실컷 울어.
미친 사람처럼 아주 서럽게.
뭐 크게 소리 질러서 속이 편해질 수 있다면 말리지 않겠어.
미련 같은 건 훌훌 털어버리고,
이제부터는 뒤돌아보지 않고 앞만 보며 걷는 거야.
그 한걸음에 의미를 담아서...

*

조용히 간다.
잡는 이도 없지만 그렇다고 잡을 수 있는 것도 아니다.
그렇게 갔다가 잊을 만하면 다시 오더라.
계절은

숟가락 하나, 젓가락 하나, 밥공기 하나,
국그릇 하나, 앞접시 하나, 편수 냄비 하나.
내가 소유하고 싶은 전부다.
단순하게 살아가자.

그러나 난 너무 많은 것을 소유하고 말았다.
그만큼 복잡해진 것이다.

*

봄바람은 시도 때도 없이 뚱한 얼굴로 변한다.
길모퉁이 놀아서면 기다렸다는 듯이 시리도록
내 가슴을 훑고 스쳐 가는 녀석.
조금의 방심도 용납하지 않고 악착같이 달려드는 녀석.
마치 곳곳에 숨어 나를 감시하고 있는 것 같은데.
녀석도 한때다.
철없이 갈길 재촉하는 바람일 뿐이다.
그러려니 녀석의 뚱한 얼굴을 마주 보며
오늘은 어디를 걸을까 생각 중이다.
골목길은 내 발걸음 소리를 들을 수 있어서 좋지만
가끔 나를 당혹스럽게 만들기도 한다.
아무도 없는 텅 빈 골목의 안쓰러움과
내 뒤꿈치를 쫓아온 그 녀석과의 만남!
그럴 땐 걷지도, 주저앉지도 못한 채 꼼짝없이
그 녀석과 처절한 사투를 벌여야 한다.
봄바람의 변덕은 그나마 귀여운 편이지만,
그 녀석의 등장은 나 자신을 주눅이 들 만든다.

어쨌든 오늘은 걷기 좋은 날이다.
지금 너에게로 간다.

*

기억을 잃고 저기 길 위에 애처롭게 서 있는 나!
무엇을 할 수 있을까?
텅 빈 여백을 마주하고 서서 나는 나 자신을 찾기 위해 발버
둥 치겠지.
그러다가 문득 겁에 질려 모든 것을 포기한 채
주저앉을지도 모른다.
살다 보면 그런 일이 벌어지지 말라는 법은 없다.

*

봄은 갔다
계절은 오는 것이 아니라 가는 것이다

*

달에 갔다가 왔는지

*

이 몽롱함은 뭔가?
난 내 길만 가겠다.
당신의 마음속...

*

어떻게 걸을 것인가?
지금 걷고 있는 것은 누구인가?
저기 걸어오고 있는 당신은 또 누구인가?
손을 뻗어보지만 희미해지고 마는 당신!
나는 다만 당신과 함께 걷고 싶었을 뿐인데.
너무 큰 욕심이었을까?
점점 더 간절해지는 당신!

*

무언가 틀어진 느낌!
뭐랄까?
익숙하면서도 한없이 낯섦?
제자리를 벗어나 어디엔가 꿔다가 놓은 보릿자루마냥

앉아 있는 듯한 분위기.

내가 외톨이가 된 것일까?

아니면 아침이 나에게서 외톨이가 된 것일까?

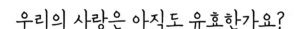

우리의 사랑은 아직도 유효한가요?

그녀의 흔적을 발견했다.
27년 만에 다시 마음을 뒤흔든 그녀의 사랑!
만남은 있었지만
이별은 없었던 시간!
마침표를 찍지 않았으니까,
우리의 사랑은 아직도 유효한 것일까?
그냥 우겨 본다.
그녀의 편지가 내 심장에 나사로 박혀 아직 빠지지 않았다.

*

망설이는 하루였다.
자꾸만 그 길을 맴돌았다.
너무 의지 없이 살아온 것은 아닌지?
그 누구에게도 답변은 들을 수 없었다.
오늘을 기억하기 위해 카페에 앉아 셀카만 찍었다.

역시 빈둥대는 하루였다.
나는 어떤 소리를 낼 수 있을까?
나는 어떤 소리를 가지고 있을까?
그리고 그녀에게 어떤 모습으로 남아 있을까?

*

오늘은 한마디도 하지 않겠다.
하루만 묵언 수행?
하겠다.
전화도 받지 않겠다.
벨을 눌러도 문 열어주지 않겠다.
오늘 나를 가둔다.

*

사랑의 망명을

.

.

.

사랑의 밀항을 준비 중이다.
하지만 실패할 확률이 더 높다.

무턱대고 젊음을 탓하지는 않겠다.
결국, 문제는 시간이고 선이다.
그 위에 내가 있다.
그리고 당신도 있을 것이다.

*

당신을 더는 바라보지 않으려고 했다.
하지만 집착은 늘 집요하다.
그리고 나는 스토커가 되고 만다.
.
.
.

단 한마디라도 당신께 전할 수 있었으면 좋았을 것을.
그러나 우린 그때 너무 어렸고,
서로에게 너무 일방적이었다.

*

지금의 내 마음이다.
지금의 당신 마음일지도 모르겠다.
오늘을 그냥 먹었다.

물론 아무 맛도 느끼지 못했다.

그리고 나는 앞으로도 역시 오늘을 먹을 것이다.

살아 있는 동안 내내...

인생은 찰나다

아침부터 뒤숭숭하더니 또 부고가 날아왔다.

지나가는 계절을 어찌 막으리오.

서둘러 가는 사람의 흔적을 걷는다.

순간이었다고 그는 말할 것이다.

인생은 찰나다.

.

.

.

"엄마도 많이 늙었구나."

어느 날 치킨을 먹으며 아들이 말했다.

"그래? 너도 어느 순간 네 아들이 그런 말을 하며

네 앞에 마냥 철부지 얼굴로 앉아 있을 거다."

보고 있던 내가 말했다.

비 오는 오후를 기대해 본다.

*

말을 아껴야겠다.

말이 많다 보면 실언을 하게 마련이다.

또 외모와 내면이 가벼워 보인다는 생각이 들었다.

밤새 비가 내렸다.

비는 무슨 생각으로 밤새 조잘댔을까?

*

바람 부는 날이면 너에게로 가고 싶지 않다.

그저 바람 따라 발길 닿는 곳으로 나비처럼 날아가고 싶다.

잔소리만 해대는 당신에게 당신 같으면 가겠냐?

자기야!

오늘은 마냥 걷기 좋은 날이다.

일탈을 꿈꾸어 본다.

*

아파 죽겠다.

마음이 아픈 것은 아니다.

간호사가 나에게 맺힌 것이 많은 모양이다.

 ─주삿바늘을 그렇게 밀어 넣지 말고 찌르듯이 탁... 아... 아
프잖아요. ─

나한테만 주사를 그렇게 놓는 것인지.
아니면 몸에 익어버린 것인지.
몇 번을 말해도 소용이 없다.
그렇다고 내가 잘생겨서 추파를 던지는 것은 아닐 터.

*

내 속을 보여주었더니
그는 나를 사정없이 물어뜯었다.
지난밤에는 몽롱한 어둠 속에서 나를 희롱하더니
내가 소유한 모든 것을 탐했다.
그러나 나는 그를 미워하지 않는다.
내 속을 보여주는 건 자살행위다.

*

오늘은 그 길을 걸어 볼 생각이다.
막연한 그 길이 아니다.
내가 기억하고 있는 길.
그리고 내가 걸었던 그 길.
언제나 다시금 걷고 싶었던 그 길을 찾아볼 생각이다.
찾을 수 없을지도 모르겠다.

그렇다고 기억 속에서 그 길을 지우고 싶지는 않다.

*

흐릿한 기억 속 어느 낯선 길 위에서 잠시 망설였던 것도 같
다.

그 길에서 무엇인가를 잃어버린 것 같은데 도무지 생각나지
않는다.

20대의 젊은 너였을까?

아니면 나였을까?

언젠가는 지금의 나도 기억하지 못할지도 모르겠다.

이 순간 나를 뚫어져라 바라본다.

어느 날은 엉뚱한 생각으로

아내를 만났습니다.
예전의 그 모습은 찾을 길이 없었지만
그래도 좋았습니다.
보고 있어도 바라만 보아도 좋은 사람이기에,
너무도 못 할 짓을 했기에 두고두고 가슴에
서글픈 짐으로 묻어 두어야 하는 사람입니다.
아내는 늘 나에게 먹먹한 가슴앓이를 하게 합니다.
그동안 무심했던 시간이
우리를 좀처럼 다가서지 못하게 하는 모양입니다.
용서를 구할 수도 없는 처지가 되어 버린 지금
한없이 나 자신을 원망하고
자책해 보지만 그런들 무슨 소용이 있을까요.

　－ 오해 없으시길. 픽션입니다

기억을 지우고 싶다.

내가 아닌 다른 누군가가 되어 차라리 나를 쳐다보고 싶지
않다.

악몽의 지난 밤.

과연 나였을까?

너였으면?

복잡해지는 이 시간을 찢어버리고 싶다.

그래도 어차피 돌이킬 수 없는 나였다.

그래서 내가 처절하게 싫다.

*

너, 너, 그리고

그 옆의 너와 또 다른 너,

나를 가장한 너,

시치미 뚝 떼고 나만 남겨두고 가던 길을 가던 너,

또는 너희들.

계속 부피가 줄어드는 너,

팽창하여 폭발하거나 너무 작아져 사라지고 말겠지!

*

한 남자가 계단을 오른다.
그리곤 더 오를 곳이 없자 망상에 빠지는데.
남자는 망설이지 않았다.
남자의 욕심은 하늘을 날기 시작했다.
꿈도 꿈 나름이다.
나는 욕하고 화내며, 때로는 활짝 웃으며,
울기도 하면서 그냥 걸어가겠다.

*

봄 내내 다닌 곳은 장례식장과 병원뿐이다.
꽃구경 제대로 한 적 없다.
또 이 불안함은 뭔가?
병원에는 환자만 넘친다.
오늘부터 연말까지 줄창 놀고 싶다.
일하기 싫다.
실컷 잠도 자고 싶다.
다시 눈을 떴을 때 12월 31일이었으면 좋겠다.

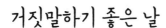

거짓말하기 좋은 날

달달한 캐러멜마키아토 한 20잔쯤 벌컥벌컥 마시고 싶다.
녹차 3리터쯤 마시고 싶다.
마지막으로 콜라 5리터 마시면 아마 앓아누울 터!
덥다.
.
.
.
마취가 안 된다고 마취제를 더 투여한 모양이다.
내 영혼이 유린당한 기분이다.
칭타오 맥주 20병쯤 나발 불고 싶다.
젠장!
지난 4월 1일의 기억이다.

*

나는 내 목소리가 싫고,

모가 난 성격이 싫고, 우락부락한 얼굴도,
뚱뚱한 몸매도 마음에 들지 않는다.
그래서 언제나 내가 아닌 나를 바라보고 있다.
원색의 옷을 입는 것도 물론 싫다.
마음에 드는 구석이 한 군데도 없어서
나 스스로 낯설어지는 것인지도 모르겠다.
나는 오늘 시뻘건 홍어부침이 된다

*

그냥 이 공간에서 사라지고 싶다!
이 공간은 거짓이다.
환상이다.

*

비가 오거나 말거나.
계절을 잊은 지 오래다.
그래도 녀석들은 좋단다.
살구, 홍매, 청매, 배, 복숭아, 석류,
무화과, 자두, 체리, 사과, 다래 등등
우리 집 루프탑의 유실수들

.

.

.

어쩌면 내 게으름이 올여름 너희의 목을 조를지도 모르겠다.

*

오뉴월에 감기래!
누군가 내게 한을 품었나 봐
그러기에 내 머리 위에 서리가 내렸지
서리가 아지랑이로 피어나면 난 아마
열병을 앓게 될 거야

.

.

.

시름시름

*

A. 내 글을 쓰면서 주책스럽게 눈물을 한 바가지는 흘렸나
봐.
나 요즘 왜 이래

.

.

.

남의 글 읽으면서 우는 건 스트레스 해소라지만.

이건 스트레스 왕창이야.

AC.

그
녀
가

웃
어

준
다

오늘은 그냥

그냥 앉아 본다
마냥 앉아 있다
그런데 누군가 나를 바라본다
아! 바로 저 외로운 나다

수심 가득한 뒷모습
무슨 생각을 하기에 그리도 깊은지
가라앉은 어깨 치켜세우며
자음 하나 찍고
모음을 잊었는지

이 골목에도
저 골목에도
자음과 모음이 난립이지만,
길을 잃은 것인지
길이 낯선 것인지

길이 마음에 들지 않는 것인지
겨울비 아리도록 눅눅하다
이 길이

보이는 것이 보이지 않는 것만큼 혼미하다
길을 잃은 것일까
빈털터리 헌 옷 담요를 품고 잠을 청하려니
은행나무의 길고 긴 하루는
태아 잃은 향을 피우며
이제부터 밤을 지나 다시 새벽을 걸을 것이다
그렇게 비 오는 날 나는 보았다
너의 눈물은 참으로 고왔다
너는 이 초저녁에도 사랑의 몸부림에
다시 불거지겠지

오늘은 그냥 나를 보고 또 너를 보았다. 우리가 사랑했을까?
우리가 사랑하지 않았을까? 우리가 서로 공생을 하는 것은 아
닐까? 하는 아! 그런 생각하기도 싫은 안타까움!
주어야 하고 또 받아야 하는 것인가?
왜 대가를 바라는데?
당신에게 묻고 싶다.
왜?

나는 당신을 사랑했는데 당신은 왜 나를 받아들이지 못하는 거죠? 그러면서 왜 자꾸만 사랑이라고 우기는 거죠?

　왜요?

　내가 그렇게 만만하게 보였나요?

　그래요. 싫증도 났었겠지요. 그래요. 이 계절에는 헤어지기에도 딱 좋은 계절이에요. 그래서 그런 가요? 아니면 상대해보니 그 사랑이 질렸나요?

　난 알고 싶어요!

　알고 싶다고 해도 이제는 의미가 없겠지만요.

　그렇잖아요.

　당신의 마음은 이제 딴 곳에 가 있는데.

　내가 알아야 할 이유는 없다고 생각해요.

　나, 쿨해요!

　까짓 마음 떠난 당신의 사랑에 목매이지 않아요. 당신이 후회할 거란 걸 알지만, 물론 나도 후회할거란 걸 알지만 더는 마음이 움직이지 않아요.

　어찌해야 할까요?

　차라리 드라마를 찍어 볼까요?

　다 싫어요.

　그냥 비울래요.

　그냥 잊을래요.

인생 뭐 있어요?

당신에게?

오늘도 우리 미련 없는 당신과 나의 일상을 그냥 멈추고 지금 바로 끝냈으면 하는데 당신은 어때요?

바보!

이건 물음이 아니라 통보예요.

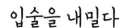

입술을 내밀다

갑자기 무박 3일 동안 술을 퍼마시면 어떨까 생각했다.
그런데 포기했다.
어차피 무박 5일도 거뜬히 견뎌냈던 몸이다.
그러나 지금의 나는 예전의 네가 아니라고
머릿속에서 미친개가 으르렁거린다.
그도 그럴 것이 녀석과 나는 한 몸이기에
자빠지는 것을 두려워하기는 매한가지다.

＊

이 아가씨 좀 보소
얼마나 매정한 실연을 했기에 볕 좋은 날에도
등 돌려 북쪽을 마냥 바라보는 것인지

.

.

이 아가씨

빠알간 석양에도 꼿꼿하게
입술을 내밀었는데
결국 붉은 선혈이 터지겠지요
그곳은 임이 떠나간 곳일까요?

　　　－ 우리 집 석류 말이에요.

*

거듭된 말다툼 때문에 시퍼런 칼날이 선혈을 불렀고
112를 불렀고
119를 불렀고
과학수사대를 불렀고
그 지나간 자리에 혈흔이 얼룩진 지 딱 2시간 만에
아무 일도 없었던 것처럼 웃음소리가 들린다
삶이거나
죽음이거나
매정하게 화려하다
그래서 처참하게 담담하다

이 밤!
나는 이곳을 떠날 수 있을까?

기억이 희미하게 흐른다

나는 나를 사랑했는가?

내 삶이 흑백사진으로 변하여 슬라이드처럼 넘어간다.

나는 어쩌면 색을 구별하지 못하는지도 모른다.

그리고 보면 나는 정작 색을 지닌 적이 없었다.

나를 사랑하지 못하는 이유다.

나는 나를 즐겁게 해준 적이 언제였는지 기억하지 못한다.

아마도 없었을 것이다.

오늘 나는 다시 나를 바라본다.

거울 속의 내가 아닌 진짜 나의 모습과 마주하고 싶다.

*

앵두나무 아래

기억이 희미하게 흐른다

기억을 잃지 않은 석류가 헛기침한다

한 가닥 뿌리의 유전자가 헛기침을 하며

위로 치고 올라오는데
거 참!
나는 누구란 말인가?
석류도 아니고, 체리도 아닌 나는
도대체 어떤 유전자란 말인가?

*

아침부터 비둘기가 외쳐댄다.
"누구 없어요? 누구 없어요? 거기 있어요?"
뭐 듣기 나름이겠지만
다행이다.
신년을 계획하지 않았기에 더 여유로운 오늘을
맞이할 수 있었는지 모르겠다.

*

계절을 기억하지 못한다.
그러나 꽃이 폈고 열매가 열렸다.
가을을 기약하지만
그 계절을 기억할 수 있을지 모르겠다.
나는 마냥 걸어가는 중이다.

계절이 오고 가는 것처럼
돌아보면 순간의 찰나!
오늘은 네가 한없이 그립다.
다가갈 수 없음이 안타깝다.

.

.

.

우리 집 사과나무에 열매가 맺혔다.
기억하기 위함이다.

*

덥다. 의욕이 없다.
퍼질러 자고 일어나면 가을이었으면 좋겠다.
당신의 생일이라
미역국 끓이고 미역 냉채로 입가심한다.
이 얼마나 호사인가.
냉수 마시고 속 차려도 모자랄 판에

.

.

.

3일째 음식 만들어 나르면서

당신의 비위를 맞추는 나도 참!
속물이다.

*

나는 나를 사랑하지 않는다.
나를 사랑하기보다 상대를 더 배려했기에
어쩌면 핑계일지도 모르겠다.
자기 위안 같은 것!
.

.

.

아마 그것은 죽을 때까지 숙제가 될지도 모르겠다.

돼지가 되고 싶다

300년, 아니 600년 된 주막을 찾습니다.
그런 곳이라면 매일 찾아가 막걸리를 마시겠습니다만
세월이 무상하여 단골집도 순식간에 사라지더이다.

*

요즘은 시도 때도 없이 먹는다.
마음이 헛헛한 모양이다.
새벽에 먹는 닭 한 마리라니

.

.

.

마음의 양식을 쌓을 생각은 없다.
지금은 그저 음식물을 쟁여 넣는 돼지가 되고 싶을 뿐이다.
음식을 만드는 것도 때론 죄가 될 수 있다는 것을 절실하게
느낀다.

결국 나는 나를 또 소홀히 여기고 말았다.

*

계절은 계절이지만 그중에서 계절을 꼽으라면
나는 짙은 아카시아 꽃향기 가득한 새벽의 계절이 좋다.
그녀가 나를 걷어찬 그 계절이다.
그 상처에 소금을 뿌린 여인네가 지금의 자기다.
.
.
.
젠장!

*

가시에 찔린 오후
붉은 피가 선명한 꽃으로 피어났다
시름시름 앓고 있던 릴케가 한 마디 한다
"쫌!"

*

비가 후다닥 지나갔다
뒤도 돌아보지 않고 미련 없이 가 버렸다
그래도 더워 미치겠다.
"쫌!"

*

어디에서 왔다가 어디로 가는지
자꾸만 흐릿해지는 아침
새는 왜 그리 잔소리가 심한지
"쫌!"

*

그냥!
막!
무작정!
놀고 싶다!
"쫌!"

이 사람 좀 보소

출출하던 차에 냉장고 문을 열었더니 막걸리가 한 병 있더라.

자기가 인심 한 번 썼나 싶어 묵은 김치 썰어서,

막걸리 흔들어서 한 잔 마시는데

쌀뜨물이더라.

그런데 왜 하필이면 막걸리병이냐고요.

된장찌개 끓일 생각이었던가?

아니면 머리 감으려고?

*

어!

이 사람 좀 보소.

막걸리 통에 든 쌀뜨물을 흔들어서 맛있게도 드시네.

"자기도 한 잔 마실래?"

"야야, 안 속는다. 그런데 쌀뜨물을 왜 마시는데?

다이어트나 피부에 좋은가 보네."

"한 잔 드셔봐!"

따라 주는데 어쩔 수 없이 입맛만 살짝.

그런데 이상하다.

이건 분명 막걸린데.

뭐야?

대체 당신이라는 여자!

내 머리 위에 군림하는 구미호?

그녀가 웃어 준다

이 흔들리는 가지는
서러움도 아니고
행복도 아닌
그저 흘러가는 바람의 흔적인 것을
왜 굳이 의미를 두어야 하는가?

*

그녀가 웃어 준다.
피하려는 나의 시선 속으로 그녀가 웃으면서 들어온다.
그저 웃기만 한다.
그때는 그렇게 매정하기만 하더니 꿈속에서는 한없이 웃는다.
무슨 일이 생긴 걸까?
언제나 야속한 사람.

*

오늘도 나는 오늘의 의미를 인정하거나 반문하는 섹스를 준
비한다.

오늘과의 교미는 오늘이라는 내일을 낳는다.

세상의, 시간의 번식 과정은 매우 단순하면서도 복잡하다.

내일은 계속해서 오늘이 된다.

그래서 오늘은 내일이다.

우리는 항상 내일을 살아간다.

*

그 녀석 참!

우리 집 〈똥개똥〉이 가출을 했다는 전화가 걸려왔다.

잠시 집에 들른 노마님께서 열어 놓은 중간 문을 지나

재빠르게 뛰어나갔다는데.

소식을 듣고 달려온 딸내미가

녀석을 찾아 1시간이나 동네를 들쑤시고 다녔는데 없다고 전
화가 왔다.

그리고 얼마 후 전화가 또 왔다.

"혹시나 해서 운동장에 가 봤는데 없더라.

그래서 포기하고 집으로 오는데 뒤돌아보니까

똥이가 졸졸졸 쫓아오고 있잖아."

아무 일 없었다는 듯 서열을 과시하는 〈똥개똥〉

*

어느 날…
술이 곤드레만드레 된 어느 날…
왜 그랬는지는 모르지만…
비 오는 날…
팬티만 입고 마당에 누웠는데…
한 시간쯤 지났을까…
아빠가 엄니한테 한 마디 하시는데
"우리 아들 죽는다!"

*

길을 잃었다
도대체 어디로 가라는 말인지
이 길 위에는 이정표가 없다
마구 흐트러지고 뒤엉킨 한 장면뿐이다
누군가 떠나라고 등 떠민다면 그냥 그 자리에 주저앉을 테다
더는 길을 잃고 싶지 않다
너에게는 더더욱 가지 않겠다

*

고기 써는 남자

밤 까는 아줌마

그 앞으로 떡 먹으며 걸어가는 여자

콩 국물 시식하며 가는 할아버지

비비 꼬인 꽈배기 꼬인 듯 흘러가는 오후

그 사이로 닭강정 먹으며 가는 꼬마의 손을 잡고

아이스아메리카노에 짜증내는 또 이띤 아줌미

땀에 범벅인 채 수박 들고 가는 아저씨

가격을 흥정하는 손님과

소리 없이 들어와 뭐가 삐뚤어진 것인지

물건을 툭툭 치다가 겨울 찬바람처럼 쌩하니

가는 또 그 여자

불쾌지수 숙성되는 시간

이 시간의 시장통은 까다로운 손님처럼

심통이 여간 아니다

그 길을 무표정한 얼굴로 걸어가는데

내 뒤꿈치를 냅다 걷어차고

아무 일 없었다는 듯 그 여자 가 버렸다

저절로 입 안에서 부서지는 얼음 한 조각

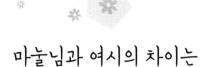

마늘님과 여시의 차이는

여보, 자기야!
이러면 나더러 어쩌란 말이오!
아무리 오이지를 좋아한다고는 하지만
대뜸 오이 한 접이라니요.
난 '좋아요' 가 '싫어요' 였으면 좋겠다우.

*

지난 밤 술김에 딸내미한테 넘어가고 말았다.
몇 마디 주고받다가 보니 지갑이 탈탈 털렸다.
오만원권 15장이...
마늘님 보다 더 무서운 여시 같은 딸내미!
그런데 영혼까지 탈탈 털린 듯한 이 기분은 또 뭐지?
덥다!

*

문득 나이 든 아침을 바라본다
주름진 일출, 어두운 낯빛
저기 어딘가에서 허우적거리고 있을 나를 바라본다
나이를 먹어서 서러운 것이 아니라
저곳에서 발버둥 치고 있는 나를 바라보는 것이
더 서러운 아침이다
진즉에 나의 손을 스스로 잡아주었어야 했다!
나를 사랑했어야 했다.
뭐가 그리 미웠던 것일까?

*

은하철도 777을 타고 혈액을 제공하고 온 날.
오늘은 이것이 진리인가?
지평막걸리를 만나다니…
내 메마른 가슴에도 어느새 비가 내리고 있었나 보다!

*

예전에는 형이라고 하던 여자 후배가
이제는 오빠라고 하네.
정체성을 잊은 노인이 된 이 기분은 뭐지?

＊

내 머릿속에서 클레이모어가 터졌다.
무엇이 옳고 그름인지 잠시 잊었다.
아니 영영 잊을지도 모르겠다.
나는 어느 순간부터 내 눈을 똑바로 보지 못했다.
오늘 천진난만했던 그리운 그를 보고 싶다.
아니, 그를 영원히 부정하고 싶다.

＊

우리 마눌님이 계란 두 판을 사주셨다.
그리곤 집으로 들어가라며 급하게 등을 떠밀었다.
"맥반석 만들어 놓으셔!"
그럼 그렇지
이 마눌님아 더워 죽겠다.
그런 건 만들어 먹는 게 아니라 사 먹어야 하니라!

＊

언제부턴가 오늘을 그리지 못했다
언제부턴가 꿈을 꿀 수 없었다

어차피 이별할 거라면,
왔다가 가는 것이라면,
소유할 수 없는 것이라면 욕심내고 싶지 않았다
그래서 나는 스스로 가난해질 수밖에 없었나 보다
그러나 나는 아직 깨어 있다

비가 오든지 말든지

아무 일도, 아무것도 생각나지 않는다
지난 며칠간 나는 내가 아니었다
다만 너였다
알아볼 수 없는 나의 존재
나는 비겁하게 또 숨으려 한다

*

벌써 매미가 아우성이다
거기 누구 없소?
매미는 교미할 때 신음을 토해낼까?
사마귀가 아닌 것에 감사해야 한다
오르가슴은 그 몫이다
수컷 사마귀의 그 애절한 사랑을 존경한다
곤충인 그 녀석
사랑에 모든 것을 줄 수 있는 그 배려!

*

비가 오든지 말든지
바람이 불든지 말든지
후텁지근하든지 말든지
어차피 나는 시간의 그림자일 뿐이다
아무것도 하기 싫다
금요일이 불타던지 말든지
계절이 왔다가 가든지 말든지

*

지금 비를 맞고 있습니다
그 옛날 당신의 그 눈빛을요
당신은 여전히 그리움입니다
한없이...
그땐 왜 몰랐을까요?
그것이 인생이겠지요
이 비가 당신의 눈물일까요?
이 비가 나의 눈물일까요?
아니요
소리입니다

낮이라면 그냥 그림자입니다

*

내 머릿속에서 쿠데타가 일어났다
누군지는 모른다
아마도 개나 고양이겠지!
그러나 나는 쿠데타를 원한다
아주 순수한...
그 주체가 나였으면 좋겠다.
하지만 나는 쥐뿔도 없다.

*

일어나지 않았다
자지 않았으니까
3일 만에 정신을 차리고 한 일이라고는
루프탑에 올라가 나무에 물을 준 것뿐이다
그리고 유실수를 몇 개 더 사고
옷을 샀다
그리고 나는 오늘 아무 일도 하지 않을 것이며
내일 도착할 택배를 기다릴 것이다

이기적인 녀석

까짓것 지옥도 한 번 가보고 그렇게 사는 거지.
그 또한 경험이니라!
또 알아 불구덩이에서 활활 불타다가
서류상 오류가 있다며 천국으로 올라가게 될지
아니면 말고

                              *

이기적인 녀석
굳이 힘을 주지 않아도 제 마음대로 삶을 꿰매어 놓는 녀석
우리 어머니의 골무는 결코 이기적이지 않았다
어머니의 바늘은 뾰족하지 않았다
골무와 바늘은 싸운 적이 없었다

대신 낯익은 서러움이 가물거린다

*

저는 이런 놈입니다

가시가 무척 많다고요

또 알아요

머릿속에는 냄새 고약한 스컹크가 숨어 있을지

하지만 걱정하지 말아요

제 가시는 솔직히 솜털이거든요

애송이 말입니다

한번 걸리기만 해

솜털도 따지고 보면 가시라는 걸 톡톡히 맛보게 해줄 터이니

*

언제부턴가 나는 친구들을 적으로 만들고 있었다.

그리고 또 언제부턴가 나는 나를 적으로 만들기 시작했다.

나는 시각적이지도, 내면적이지도, 그렇다고 나를 우기지도

않는다.

언제부턴가 나는 상대와 대화할 때면

안경을 벗어 놓는 버릇이 생겼다.

흐릿한 상대의 얼굴을 보면서 점점 가식적으로 변하는 꼴이

라니.

오늘도 나는 상대의 눈을 보지 못하고
안경을 벗어놓을지도 모르겠다.

*

오늘은 나무에 비를 그릴 생각이었다.
그러나 나에겐 물감이 없다.
사포도, 젯소도, 붓도…
어느 날 사라졌다!
술 마시고, 욕하고, 주정하는 모습만 남았다.

*

달이 중천에 떴구나
네 걸음걸이가 하 수상하여 뒤를 돌아보니
내 그림자는 없고
너의 그림자만 창창하다
어니로 갔는가?
쪽배도 싣지 못할 너의 마음
해 저무는 그림자처럼 자꾸만 수렁에 빠지는데
왠지 걸음걸이는 가벼워
하 수상하여 너의 뒤를 캐물었더니

너는 그냥 지나가는 바람이라고
지나가다 어느 산사
풍경에 잡힌 재수 없는 물고기라고 하던데
결국 너는 그물에 살기를 원하는구나
내 서러운 그물의 또 그물아
우린 그물에 갇힌 시간이고

*

결론은 노숙!
루프탑에서...
그녀는 갔다!
나는 개구리의 재잘대는 소리를 듣고 싶었지만
개구리 뒷다리 신세가 되었다.
까치가 운다.
"누꼬?"
나다!
매미가 아우성이다.
"입 돌아갔지?"
아니거덩!

어느 계절의 추운 오후였으면

익숙한 것을 잃었다
낯섦만 남았다
항상 그래왔던 것 같은데
오늘이 더 낯설다
오늘이 추운 겨울의 어느 오후였으면 좋겠다

*

병이 도졌다
지지리도 아물지 않는 열병!
오늘도 소금을 뿌려본다
어차피 지나갈 일이다
급할 것 없다
여유를 가져본다
비록 땀에 전 축축한 여유라도

*

고요한 흐름

그는 갔다

이제는 오지 않을 것이다

소리 없이 삐뚤어졌다

고요한 흐름 속의 흔적들이 움직이기 시작한다

사는 동안 내내 속삭이거나 냉철하게 소리 지른다

사는 것이 모순되는 순간

저 고요의 수면 위에 물오리 기어간다

*

어둠...

달은 보지 못했다.

얼마나 앓았는지 모르겠다.

그러면서도 속은 보여주지 않았다.

때론 혼자 앓고 싶을 때도 있는 것이다.

앞으로 더 앓고 싶다.

이 숨 막히는 무더위가 지나갈 때까지?

아니, 너무 길다.

조금만 더 앓자!

짧게!

*

고추를 말려야겠다.
그 고추 말고 빨갛게 익은 고추.
그동안 신경을 쓰지 못했다.
고추가 매워서 사실 정이 가지 않았다.
툭툭 털고 일어나 태양초나 한번 만들어 보자.
우리 엄니 언제 와서 훑어갈지 모르니...
말려놓으면 좋아하실 테지.

*

활짝 핀 것인지
탱탱한 젊음인지
해맑은 웃음인지
늙은 것은 아닌지
풋풋함보다는 너무 화려해서 안타까운 것은 아닌지
그대로 멈출 수는 없는 것인지
내가 생판 모르는 남처럼 느껴지는 것은 왜인지?

*

오르지 않을 터이다.
바라보지 않을 터이다.
그리워하지 않을 터이다.
그냥 순간일 뿐이다.
그러나 의미는 남겨둘 것이다.

*

모세의 기적?
홍해의 기적?
아니다.
복잡한 시장통.
남자가 담배를 물고 담배 연기를 내뿜으며 걸어가자 길이 열렸다.
앞뒤로 쏟아지는 비난의 소리를 남자는 **뻣뻣**하게 버틴다.
얼굴이 두꺼운 것인지,
아니면 더위를 먹어 머리가 쫌!

어느 날 문득

내 과거가 아니다.
다만 흔적일 뿐이다.
그 녀석은 늘 그곳에 존재할 것이다.
내가 결코 아니다.
아니 내가 될 수 없다.
그것이 바로 내가 순간 이동과 공간이동을 거듭하는 이유다.

문득
지난 5년을 생각했다.
난 무엇을 했을까?
그리고 또 10년을 생각했다.

나는 불쑥 지금으로 튕겨 나왔다.

뜬금없이
어떤 꽃을 좋아하는가?

나는 바라보기만 했을 뿐 정작 꽃에 둔감하다는 것을 알았
다.

어느 순간부터 나는 무관심에 익숙해졌다.

기억할 수 없음이다.
처음부터 기억하려 하지 않았으니까.
오늘도 몽환 속을 걸을지 모르겠다.

*

혼술, 혼밥을 즐겼다.
아니 어쩔 수 없이 그러했다.
혼자 보는 영화는 정말로 즐겼다.
그러나 나이가 들수록 혼자 하는 것이 왠지 두려워지기 시작
했다.
길을 걸을 때도 이제는 혼자 걷는 것이 무섭다.
나 많이 여려진 모양이다.
그러나 '토닥토닥' 이런 말은 사양하겠다.
오늘도 이 무더위를 짜증 내지 말고 즐기시라.
지친 계절의 발악일 뿐이니까!

＊

무거운 밤이다.
무엇을 그렇게 많이 짊어졌는지,
욕심이 왜 그리 많았는지
오늘도 변함없이 불면의 밤이 어깨를 짓누른다.
더위까지 가세하여 나를 어둠 속으로 꾹꾹 밟아 넣는다.
그렇게 한없이 질편한 어둠 속에 그냥 앉아 있다.
어쩔 수 없다.
새삼 달라질 것 없는 밤이다.

＊

어떻게 우리 집에 입양되었는지 모른다.
구박은 하지 않았지만 찔러도 피 한 방울 흘리지 않을 님들
이시다.
나이는 나보다 많지만
서열상으로 내 동생들 되시겠다.
두부, 오이지 등등을 담당하며 짜증 한 번 내지 않았다.
때로는 음식의 받침으로도 자신의 몸을 아낌없이 내어주신
다.

우리 마눌님,

임들을 버렸다가 나에게 무지 혼나고 나서 다시 모셔온 적도
있다.

죽을 때도 모셔가고 싶은 님들이시다.

    – 누름돌

                              *

얻고 싶은 것은 없다.

잃고 싶지 않을 뿐이다.

이 행성으로 여행하면서 나는 이미 얻었고

이 행성에 있는 동안은 잃고 싶지 않은 것이 생긴 것이다.

나는 아직 무소유에 도달하기는 먼 것 같다.

이 행성을 떠나는 순간이 되어서야

무소유에 대해서 알 것 같기도 하지만...

                              *

모든 것이 뒤엉켰다

저 그물에 걸린 더위,

누군가가 달아나기 전에 빨리 먹어치웠으면 좋으련만...

괜한 투정의 오늘이다.

*

언제부터 거기에 있었는지 모른다.
어느 순간 돌아보지 않아도 너의 흐름을 느낄 수 있었다.
그러다가 흔적 없이 사라지고 마는 너.
그러다가 어느새 돌아와 내 옆을 걷고 있는 너.
오늘은 너를 유심히 지켜보고 싶다.

*

얼마나 기다렸을까?
기하학의 거미줄을 늘어놓고 배가 고프다고 투덜대던 녀석
다급하게 뛰어나와 안절부절못한다
그러나 거미의 덩치보다 배나 큰 점심은
허기만 배로 남겨놓고 유유히 걸어나갔다
녀석의 무딘 바늘이 또 그렇게 혀를 찬다

나는 왜 이 행성에 불시착했을까?

"비 온다." 가 아니다
"비 왔다."
찔끔!
하품하면 나오는 눈물 찔끔
또 올랑가?

＊

춥다.
나는 아직 준비되지 않았다
오늘 새삼 간사한 나를 마주하고 섰다
언제나 적응해야 한다
나는 오늘을 또 무심하게 지나쳐갈지도 모른다
콧바람이 들기 시작한다
돌아오기 위해 나는 떠난다?

*

네가 웃으며 달려오면 나는 절망한다
"나도 너처럼 많이 늙었구나"
지푸라기라도 잡는 심정으로 젊음을 찾아보지만
마음뿐이다
너는 그렇게 내게로 온다
너는 바람이다
앞머리가 허전하게 느껴지는 바람 부는 오늘 문득!

*

나는 왜 이 행성에 불시착했을까?
그렇다고 그냥저냥 안주하며 살아오지는 않았다.
우주선의 수리가 끝나는 날
나는 이 행성을 미련 없이 훌쩍 떠날 것이다.

*

우리 집 루프탑의 비둘기...
아마도 초기 비행 중 불시착한 듯...
그런데 왜 하필 우리 집인지...

탈진한 녀석에게 아침마다 물과 밥을 준다...
언젠간 너도 소리 없이 훌쩍 떠나겠지...
거추장스런 솜털은 벗어놓고...

＊

바람 불어 좋은 날!
겸손하지 말자!
몸 사리지 말자!
소주나 댓 병 나발 불며
"필릴리 피일리일리..."
누군가를 안주 삼아 씹어보는 거다!
당신일 수도 있다.
긴장하시길!

＊

누군가를 안주 삼아 너무 씹었나?
결국, 탈이 나고 말았다.
차를 긁어먹었다.
저번 주에는 백미러 해먹고 오늘은 긁고
그래서 사람은 겸손해야 하는 것을...

그 심보에 그 벌이다.

그렇다고 음주운전을 한 것은 절대 아니다.

주는 대로 받는 거다.

훌훌 털어버리고 이제부터 안주 없이 소주 마시련다.

차라리 났다.

우리 마눌님은 계란말이에 오이지무침을 문자로 주문하셨
다.

*

그를 만나지 않았더라면...

그녀를 만나지 않았더라면...

모든 상황을 뒤에서 관망하고 있었더라면...

아마도 지금의 나는 없었을 것이다.

어차피 내가 만들어낸 나다!

시간 여행자에게 시간은 그리 중요하지 않다.

시간 여행자의 자세,

좋나!

어느 순간 지겹도록

갑자기 어디에선가 불쑥 튀어나온 물건
찾을 때는 그렇게도 보이지 않던 것이
어느 순간 불쑥 튀어나왔을 때의 반가움이란
첫사랑의 그리움을 살짝 마주한 듯한
그런 잠깐의 여유가 삶의 활력소는 아닐까?

*

우리 집 루프탑에 불시착한 새끼 비둘기
물주고 잉어 밥 주고 〈녀석이 잉어 밥을 유독 좋아함〉
이제는 한층 더 가까워진 관계
모이를 주면 지가 먼저 달려온다
초상 치르지 않은 것만도 다행이다
오늘은 한 발로 서 있는 신공까지 선보이는데.
부디 몸 추슬러 저 하늘 자유로운 비행을 할 수 있기를
그렇게 훌쩍 떠나면 내 마음도 편할 수 있을 것 같은데

녀석의 이름을 지어주었다

〈비〉

                            *

맨숭맨숭한 밤, 바람도 그럭저럭
머물고 싶은 시간
그러나 역시 불면의 밤이 퉁명스런 표정으로 나를 바라보고
있다
실한 맛이 그리워지는 계절이다

어느 순간 지겹도록 울어대던 매미의 행방도 묘연해진 더위
의 끝물
그냥 가는 거다
이제 마중물의 수온을 가늠할 때
여름을 그리워할 자신이 내게는 없다

                            *

분명 내가 아는 사람이다
낯설지 않은 익숙함!
그러나 더없이 낯선 그

이미 바라보고 있었지만...

시장통을 걸었다
될수록 느리게 흐르는 시간
그만큼 복잡한 시간에 엉키는 또 그 시간
그래도 시간은 멈추지 않지만...

목줄 한껏 늘어뜨린 반려견으로 시간이 엉키고
복잡한 만큼 최소한의 길이로
자신의 반려견을 보호할 수도 있으련만
그런 나태함은 골목길에 반려견의 배설물을 버려두고
아무렇지 않은 듯 줄행랑치기 마련이다
반려동물은 가지고 놀다가 버리는 시시한 장난감이 아니다
처음의 마음가짐이 변하지 않기를...

사랑니가 되어

술 마시면 살이 찌고,
술을 마시지 않으면 살이 빠진다.
그리고 죽자고 술만 마시면 (폭주) 살이 빠진다.
폭주하면 이틀은 누워 있어야 한다.
나에게 적당이란 말은 없다.
좋거나 싫거나 한 곳으로만 치우친다.
오늘도 좋거나, 싫거나 한쪽으로 치우치려 한다.
젠장!

*

비둘기기 루프탑에서 니를 내려다보고 있었다
그때는 몰랐다
옥상에 불시착한 〈비〉에게 모이를 주러 올라갔지만
휑한 빈 자리만 남았다
녀석이 〈비〉였던 모양이다

몸 추슬러 가버린 녀석
다행이다
녀석의 초보운전은 이제 없을 터
그런데 왜 이렇게 녀석이 보고 싶은 것이냐
똥만 싸질러 놓고 간 녀석

*

문득 뽑고 싶었다
저 길모퉁이의 전봇대
앓던 이,
여전히 앓고 있을 이
사랑니
길모퉁이의 그 녀석
제 나름의 만월을 품고 있었다
사랑니가 되어 앓아야 하는 녀석
눈치껏 끙끙 앓는 그 녀석
너를 뽑아낼 수 있을지 의문이다

*

무슨 말인가를 하고 싶었으나 지금은 생각나지 않는다

흩어지는 문장과 단어들,
그리고 자음과 모음.
그래 그렇게 닥쳐라
어차피 내뱉으면 후회되는 조합이다
차라리 의미 없이 쌍욕을 내뱉으며 오늘을 버무리자
닥치고 멈춰라

                              *

발정 난 더위의 오르가슴
그리고 후회
잡지 않아도 가고 있으니
이제는 가소롭다
절대 뒤돌아보지 말아라
녀석아!

                              *

기억을 자주 잃습니다
사람의 얼굴을 잘 기억하지 못합니다
결정적으로 흐름에 둔감합니다
한 번 빠지면 끝을 봅니다

거울 속의 '나' 입니다
당신일지도 모릅니다

*

아주 어렸을 때
연기자가 되기 위해 오디션을 본 적이 있었다
뭐든 하고 싶었으니까
하고 싶은 일 다 해보라고 내 속에서 말하고 있었으니까
결국 나는 그 모든 것을 다 버려야 했다
왜 그랬는지는 모르지만 내 모든 것을 비우고 싶었다
그래서 지금은 평범하다
좋다

*

니콜라스 케이지 주연의 '라스베이거스를 떠나며'를 보면서
소주를 마신다
  음악은 레드벨벳의 '러시안 룰렛'
  맞지 않는 조합이다
  그러나 이 세상에 맞는 조합을 찾기란 어렵다
  사랑도 그렇다

너를 만지고 싶다
하지만 너는 가시다
그래서 나도 가시다
언제나 그랬다
알면서도 우린 그렇게 살아왔고 역시 변함없을 것이다
욕심만 없으면 된다

소원을 빌어 본 적이 없다

지독한 어둠 속에 앉아 있었다.

그래도 지워지지 않는 기억들이 내 살갗을 파먹기 시작했다.

통증은 없었다.

통증을 느낄 수 없다는 것이 서러웠다.

저 앞에서 무표정한 얼굴로 나를 바라보고 있는 또 다른 나.

다시는 보고 싶지 않은 기억이다.

하지만 좋지 않은 기억은 오래가기 마련이다.

어쩌면 평생 내 뒤통수에 박혀 있을지도 모를 일이다.

그 기억을,

그 시간을 외면하고 싶다.

차라리 고통을 감내하는 것이 더 편할지도 모르겠다.

*

시간이 흘러가는 것이냐?

가을이 흘러가는 것이냐?

구름과 바람과 시간과 가을을 한 손으로 잡았다.
달콤한 솜사탕이다.
이 고요 속에 누워 있다 보면 세상의 모든 것이
내 것이 되고 만다.
마음대로 소유하고 마음대로 놓아 줄 수 있는
여유를 느껴본 적이 얼마 만인가?
아무 일도 벌어질 것 같지 않은 시간
하지만 방심은 늘 금물이다.

*

태양처럼 빛나기는 싫다

뒤척이다가 깨어보니 노숙이다
그나마 달은 똑바로 바라볼 수 있어서 좋다
달그림자를 밟아본다
밟다 보면 정작 나인 것을
달이 비록 꽉 차지는 않았지만
그렇다고 나는 소원을 빌어 본 적이 없다
그래 아직도 늦지 않았으니 모든 것을 내려놓고
비렁뱅이가 되어본다
춥다

이불 하나 내어주소서
그래
당신이 내 이불인 것을
오늘에야 알았다

*

처음 문장이 옳고 그르냐는 문제가 아니다.
어떻게 문장을 끌어가느냐
어떻게 내 문장 속으로 독자를 끌어들이는가가 문제다.
오해하지 마시라.
문학은 누구의 전유물이 되어서는 안 된다.
고귀한 척도, 잘난 척도 하지 마시라!
혐오한다.
차라리 구역질이 난다.
토하고 싶다.
어차피 상대는 대중이다.
멋대로 매너리즘에 빠지지 마시라.
종족 번식을 하려면 차라리 자위로 만족하던가...

*

구름에 달이 깨졌다.
아쉬운 건 똑바로 볼 수 없다는 것뿐!
이 시간은 그렇다.
몽환의 어디쯤...

*

그다지 진지하지 않은 새벽이다
오늘은 그 집에 가야겠다
이미 세월에 갇혀버린 집
반쯤 열린 미닫이문 사이로 막걸리에 얼근하게 취해
앉아 있는 나를 만날 수 있을까?
왁자지껄했던 그 젊음의 방황이 그리운 날이다

*

어떻게 헤어졌는지 모른다
무심했던 탓이나
그렇다고 다시 만나야 할 이유는 없다
욕심을 부리지도, 실망하지도 않을 참이다
그래서 찾지 않기로 했다
그 시절, 그때의 너와 내가 만났었다는 것만 기억하면 된다 그냥 스쳐 지나가다 보면 느낌으로 알 수 있지 않을까?
혹은 전율로...

나는 언제나 너에게로 간다

어
느
시
간
여
행
자
에
게

헤드록이라도 걸고 싶은 오후

「몇 걸음 걷다가 뒤돌아섰다
문득 시간여행이 두려웠다
김수영의 헬리콥터가
소리 없이 이륙했다
옳고 그름을 떠나서
무엇이 남았을까?
무엇이 남을까?
궁상맞은 하늘을 올려다보며
옳거니,

어금니가 빠졌다

겨울바람이 시리다
헤드록이라도 걸고 싶은 오후
너는 어디를 그렇게 걸어가고 있니?」

막연하게 걸어가고 있습니다.

어느 길의 어느 즈음인지도 모릅니다.

다만 걸어야 한다는 것 밖에는 아무 생각도 없이 오후가 흘러가고 있습니다. 이유 없이 정신이 산만해 집니다. 그래도 걸어야 합니다. 걸어야 또 다른 오늘을 맞이할 수 있기 때문입니다.

하지만 이대로의 흐름은 무의미할 뿐입니다.

괜히 심통이 생깁니다.

의미 없이 걷고 있다고 생각하니 내 자신에게 너무 소홀한 것은 아닐까 하는 생각이 듭니다. 어쩌면 이대로 며칠을 더 걷다가 후회하게 될지도 모르겠습니다. 순간 알 수 없는 통증이 느껴집니다.

다행입니다.

그나마 통증을 느낄 수 있다는 것은 아직 자신을 잊지 않고 있다는 말입니다. 다시 제자리로 돌아가 다시 걸을 수 있다는 말이기도 합니다.

가끔은 멍 때리고 싶은 날도 있습니다. 틀에 갇혀 사는 것 같은 오늘이 싫을 때도 있습니다.

어딘가로 훌쩍 떠나고 싶다는 생각을 하기도 합니다. 그때는 스스로 헤드록을 걸어 봅니다.

내가 이기거나 혹은 네가 이기거나, 네가 이기거나 혹은 내
가 지거나. 상관없습니다. 아무려면 어때요.

아무 생각 없이 시간을 걸어가느니 시간 위에서 헤드록을 걸
며 뒹굴어 보는 겁니다.

커피도 좋고 웹툰을 보는 것도 괜찮고 아니면 신나게 RPG게
임 한 판도 괜찮겠네요.

스스로 재미나게 걸어 보는 헤드록 어때요?

각자 취향에 맞게 자신에게 시간을 나누어 보는 겁니다. 그
신선함 속에서 좀 더 활력이 생기지 않을까요?

생각하기 나름 아닐까요?

오늘 오후 저는 혼자서 맛집을 찾아가 볼 생각입니다. 혼자
면 어때요. 내가 좋다면 자신에게 그 정도의 시간을 배려할 수
있다고 생각합니다.

그래도 그 즈음의 길은 기억에 남을 테니 나름 행복할 것 같
은데요.

자, 망설이지 말아요!

뭘 원해요?

어둠이다

또 어둠이다

그리고 또 어둠이다

어둠은 결국 존재하지 않는다

오늘이 어둠을 잡아먹을 테니까

단지 일부분이다

단지,

시간이다.

익숙한 넋두리다.

삶은...

*

뭘 원해요?

당신은 살아있습니다

물론 되돌아와 당신을 볼 수 있습니다.

문제는 언제나 시간입니다.
당신!

*

목성의 위성 유로파에 가고 싶다.
바다가 있다는데
우주선만 만들어 놓고 시운전도 못하고 있다.
역시 장식품이다.

*

오늘은 비가 나를 밟았다.

*

지긋지긋한 병이 도져 일상의 모든 것을 나 몰라라 했다.
일상을 이렇게 날름날름 까먹으니 참 고단한 일생이다.
아직 내게 얼마의 시간이 남았는지 모르니
그저 배부른 투정이다.
어느 순간 나에게서 사라져버린 그 며칠이 간절해지겠지.
후회해도 소용없을 터.

절대 아까워하지 않겠다.

*

가을이 익었다
바람이 익었다
석류 가지에 가을이 노랗게 들었다
내 얼굴에 황달이 들었다
내 앞으로 얼핏 지나가던 조각배는
덩치보다 큰 뱃고동을 시뻘겋게 토해놓고
어린 무화과는 철없이 젊은 열매를 가지에 달았다
뭐든 품을 수 있으니 그 모정에 경의를 표한다

*

옷깃만 스쳐도 인연이라고?
요즘은 스치면 주먹이 먼저 날아온다더라
세상 참!
살다 보면 더 많은 일도 있을 터!
오래 살고 볼 일인 것이니라...

가을 되니 촉이 떨어졌다

겨울잠을 자야 하나?
괜한 염색으로 머리에 단풍이 앉았다
차라리 단풍나무였으면...
자꾸 하품하는 것을 보면 아무래도 나는 곰이다
이건 아주 강한 긍정이다

*

안경을 쓰고 글을 보는 것이 아니다
사실!
안경 너머로 글을 읽는다
노안 때문에...
젠장!

*

나무의 나이를 묻다가 그녀를 묻었다
오롯이 세겨진 내 첫사랑의 연애편지
글자로 희미하게 남은
낡은 그녀의 모습이나마 기억할 수 있으니 다행이다

어느 시간여행자에게

비 오는 밤
나무는 걷고 싶은 것일까?
아니면 바람의 장난일까?
가로등 아래
헝클어진 몸뚱이로 그림자 밟고 서 있는 감나무가
발갛게 익었다
내 마음도
골목길 어귀를 발갛게 어슬렁거린다

*

「종족번식은 인정사정없이 빨고 보는 것이다.」

– 어느 암컷 모기의 명언 중에서

뱀파이어의 시조를 생각해 본다

여자? 남자? 남자? 여자?
모기=거머리=모기=뱀파이어=거머리=모기?

*

이 하늘은 어둠이 아니다
저 빛나는 별들 또한 빛이 아니다
깊은 허상이다
슬픈 착시다
아픔이다
언제나 길을 잃고 마는 시간 여행자에게
이정표란 존재할 수 없는 가치다
몸과 마음이 추운 어느 불면의 밤이다

*

기다림은 어쩌면 희망일지도 모르겠다
어차피 인생은 기다림이다
오늘의 기다림 끝에 당신을 만났으면 좋겠다
계속 기다릴 참이다
어서 쉬지 말고 오시라

*

지금 이 하늘이 좋다
기다리다가 당신에게 바람맞은 날
그러나 속내를 알 수 없는 이 바람은 온전히
내 몫이다
이 바보야

*

어느 날
내가
없어졌다고
친구가
말했다
누가 나를 훔쳐갔을까?

*

절제되지 않는다
먹는 것도
마시는 것도

자는 것도
감정까지도
오늘도 나는 미쳐가고 있다
배부르게...

*

한입 가득 너를 가둔다
입에 가득 찬 너의 육즙을 천천히 음미한다
술이 술술 들어가겠지만
이럴 때 절제는 슬픔이다
아픔이다
낮술이 때로는 진리일 때가 있다

*

기억하고 싶지 않다
어제도...
오늘도...
내일도...
그냥 지나가는 바람이었으면 좋겠다
그렇게 가식으로 보지 않았으면 좋겠다

*

아침부터 기다린다
이 기다림은 나를 위한 기다림이다
훅...
사라지는 바람이 되고 싶다

*

이 가을에는 원색을 입지 않겠다
색에 연연할 일은 이제 없을 터이다
그냥 삐뚤어지겠다

*

치아의 묵은 때를 벗겨내며
뱉다가 만 욕의 찌꺼기가 얼마나 걸고 악착같았는지
다시 생각한다
또 내 머릿속의 쓰레기는 얼마나 더 질기기에
쓰레기수거 차량도 꺼리는지
새삼스러울 따름이다
내 머릿속도 스케일링으로 정리하면 안 될까 하는 아찔한 생

각을 해본다

*

잘난 것도 그렇다고 자랑할 것도 없다
삶은 어차피 내 멋대로다
많이도 걸어왔다
이젠 되돌아가려고 해도 갈 수도 없다
그 모든 길들이 기억에서 사라졌다
앞만 바라볼 뿐이다
또 오늘이 된 것이다
지금은 시간 여행자의 수칙에 착실할 뿐이다

*

영하 12°
수영장에서 2시간 동안 쉬지 않고 달리다가
센터 문을 열고 나왔을 때 미주치는 겨울바람은 애교였다
영하 12°
움츠렸던 가슴이 왕복 2시간의 산행으로,
땀으로 젖어 스스로 열었던 그 겨울바람의
촉촉함은 사랑스러웠다

그런데 이 가을바람은 얄궂게 춥다
무엇 때문에 그렇게 째려보는 것인지

*

지나가는 승용차의 뒤로 얼핏
「미친개가 타고 있어요」
라는 문구가 보였다
진짜 미친개는 아닐 터
뭐 초보운전이라는 뜻이겠지만

술만 마시면 미친개가 되는 나
지난밤이 그랬다
뒤통수에
「미친개가 숨어 있어요」
라는 문구를 붙이고
다녀야할지도 모르겠다
또 후회되는 오늘이다
어디 쥐구멍 없나?
우선 머리부터 들이박아야겠다

*

지난겨울부터 계속 겨울이었다
새삼스러울 것도 없다
얼어붙은 마음이 차라리 낫다
마음대로 깎아내고 또 붙일 수 있으니
스스로 강요하지 않는 오늘이다
시간을 잡아둘 수 없다는 것을 알기에
부덤덤하다
그렇게 바람도 쉽게 왔다가 가는 것이다

나는 너의 이름을 모른다

이게 뭔 짓인가?
딸내미 친구들은 자고 간다고 버티고 결국
나는 루프탑으로 또 쫓겨났다
그래도 참는다
딸내미는 종종 자기가 시집가면 아빠 데리고 가겠다고 하는
데
야야!
싫다
네 속셈을 모를까 봐
식모로 부려 먹으려고 벌써 계략을 꾸미는
네 속마음 다 안다
이 지집애야
엄마나 데리고 가라
상전을 모시고 사는 기분이 어떤 것인지 알 테다!

*

남들은 바람 타고 뱃고동 울리면서 가는데
넌 뭐하는 짓이냐
내내 속만 썩이다가
이제서 열매를 맺는 네 심보 지나치다
너도 나처럼 얼어 죽을 작정이냐?
제발!

    - 무화과

*

무심함이 일상이 되어버렸다
봄에 내놓고 눈길 한번 주지 않았다
그래서 남몰래 서러운 꽃을 품게 되었을까?
바라보다가 절로 한숨이 쏟아졌다
너도 이제 설움을 키우게 됐구나
그러나 나는 너의 이름을 모른다

    - 호야꽃

*

가을이 늙었다
내 얼굴이 퉁퉁 부어 주름졌다
곧 낙엽이 되어, 바람에 못 이겨
바닥을 쓸고 다닐지도 모르겠다
겨울이면 앙상해져야 한다
속으로 끙끙 앓아야 하며 또 늙을 것이다
계절은 오는 것도 가는 것도 아니다
혼자서 늙는 것이다
문득 깨닫는 것이다
나는 인생의 어떤 계절을 걷고 있을까?

*

물론 나도 언제 이렇게 버려질지 모르겠다
저 슬픈 눈망울이 애처롭지는 않다
어차피 길 위에서 스쳐 가는 존재였으니까
그러나 그 아픔을 안아주고 싶었다
그러나 내가 해 줄 수 있는 것은 없었다
단지 스쳐 간 누군가의 사랑을 같이 슬퍼해 줬을 뿐!
어차피 나도 스쳐 가는 발자국인 것을
다시 보니 그 자리에 없었다
누군가의 사랑을 다시 얻은 것일까?

더는 슬퍼하기 없기...

– 버려진 동심, 흘러간 동심 그리고 인형

오늘을 살아가는 방법

후회하지 않기
그러면서도 후회하기

*

비스무리 가을의 어중간에 서 있는 처량함이라니...
같은 계절을 걷고 있는데 나만 딴생각을 하는 것은 아닌지...
흘러만 가지 말고 잠시 멈출 수는 없는 것인지...
지치면 쉬어가기 나름인데 왜 악착같이 걷는지...
왜 바라볼수록 점점 더 멀어지는 것인지......
나만 홀로 남는 것은 아닌지...
나, 살아 있는 것인지...
시든 것은 아닌지...
왜 자꾸만 모호해지는지...
나는 누구인지...
이 계절에는 늘...

*

입안을 까칠하게 돌아디니는 혼밥이다
안 되겠다
있다가는 혼술을 해야겠다
그러고 보니 나는 이미 혼자 놀기에 익숙해져 있다
그런데 그것이 어때서?
걱정 마시라
절대 외롭지 않으니
내 머릿속의 미친개가 자주 짖어주니...

*

남자들은 왜 불장난을 좋아할까?
본능이라고 누군가가 말한 것도 같기도 하고
어쨌든
오줌 싸면 키 하나 생겨요
자동차 키가 아니라
굴욕의 그 키!
각박한 세상
이제는 그 흔했던 소금(인심)도 안줍니다

*

어디쯤 가고 있을까?

혹여 망설이다가 서러워 발길 돌린 것은 아닌지?

아니면 이제 겨우 망각의 강을 건넌 것인지?

아직도 너와 걸었던 그 길이 생생한데

도대체 어쩌라는 것인지

그 길을 혼자 걷는 것이 아직도 엄두가 나지 않는다

이 계절에 넌 언제나 서럽게 서 있다

차마 외면할 수 없는 건

너의 부재를 믿고 싶지 않기 때문이다

그 길을 함께 걷고 싶지만

욕심일 뿐!

*

사랑을 생각해 본다

주는 것이 사랑은 아니다

받는 것도 사랑이 아니다

홀로 생각해 보라....!

*

아무래도 무리인가?

오늘은 너를 찾아 걷겠다

거울 속의 너

몇 개월 전의 너

그 속에 속해 있던 나

나 아닌 너

너 아닌 나

걷다 보면 알 수 있겠지

*

시든다

마음이 시들었던 밤이었고

정신없이 머물다가

가위에 눌렸다가

아무 일 없었던 듯 일상에 서 있다

이러려고 지난밤 앓았던 것은 아니다

젠장!

별 볼 일 없는 시간이 또 흘러간다

이 공황을 누군가 속 시원하게 풀어줄 수 없는 걸까?

어지럽다

점점 사악해 집니다

저는 점점 사악해집니다

단지 그를 미워한다는 이유에서 입니다

그는 선량한 가면을 쓰고 다가섭니다

조금씩 아주 조금씩

그러다가 상대를 순식간에 삼켜버립니다

그는 어느 순간 악이 되어버립니다

자신의 본질을 상대에게 혀에 발린 소리로 다가와

소유하고 마는 것이지요

장악되는 순간 당신은 이미 후회의 순간도 놓쳐버리게 되고
맙니다

그래서 안타깝습니다

선택을 할 수 없다는 것이 서러워질 때 당신은

이미 당신이 아닌 상태가 되는 것이지요

그리하면 당신의 존재는 이미 찾아 볼 수 없을 테지요

당신은 흔적조차 기억 될 수 없을 겁니다

이제 당신은 당신 자신을 통제할 수가 없습니다
넘지 말아야할 선을 넘고 만 것이지요
그렇다고 나는 당신에게 손을 내밀 수도 없습니다
당신은 결국 내 손을 뿌리치고 말 것이기 때문입니다
주위의 모든 사람에게서 신뢰를 잃을 것이고
당신은 외톨이가 될 겁니다
그러면서 스스로 사람들의 기억 속에서 잊히겠지요
당신은 이제 당신이 아닙니다
한순간의 소홀함으로 자신이기를 거부한 것입니다
누구를 탓하겠습니까?

나는 그런 당신을 그저 먼 발치에서 바라볼 수밖에 없습니다
온전히 당신 자신의 몫이기 때문이지요
아직 늦지 않았기를 바랍니다
내가 사악해지는 이유도 말입니다

겨울은 외로워야 한다

어이가 없다
집을 나서려는데 외투가 사라졌다
옷걸이만 달랑 걸려 있다
아들 녀석이 말도 없이 입고 나간 것이다
옷에 욕심이 많은 것은 알았지만
추운 날 드라이클리닝 해놓은 내 패딩까지
꿀꺽 삼킬 줄이야!
졸지에 어처구니없는 오늘이 되고 말았다
할 수 없이 바람막이만 입은 채
패딩 2개를 들고 집을 나선다
나는 지금 세탁소로 간다
왠지 더럽게 추운 겨울이 될 것 같은 기분이다

*

올 사람 아무도 없다

그냥 기다리는 중이다

그래

겨울은 외로워야 한다

그러나 내 머릿속에 쥐덫 하나는 넣어두려 하는데

온몸에서 쥐가 나오면

상비약으로 머릿속에

요 녀석 하나는 갖추어야 하지 않을까?

오늘 밤은 잠도 오지 않을 테지만

이것 참!

복잡하게 돌아간다

*

추한 모습으로 걸어간다

지쳐야 하지만 지칠 것 같지 않은 그 뒷모습이

너무 애처롭다

얼마나 더 추해져야 내려놓을 수 있을까?

넋 놓고 걸어가다가

막다른 골목길에서 묵묵부답의 이정표를 마주했다

〈길 없음〉

인지했을 때에는 이미 늦은 것이다

*

오늘은 그 어느 날의 희미한 잔상이다
불쾌한 기억들이 경쟁하듯
툭툭 튀어나오는데
추적추적 내리는 비가 내 뒤통수를 치고
나는 버벅대며 걷는다
결코 상쾌하지 않은 날이지만
또한 멈출 수 없는 날이다
기억하고 싶지 않은 순간들은
왜 머릿속에 악착같이 남아 있는지

*

종일 빨래하고 빨래를 넌다
설거지하고 배고프면 밥 먹는다
계절의 묵은 때를 지운다
내 머릿속의 철 지난 묵은 때는
언제 벗길 수 있으려나
아무래도 이 계절에는 그른 것 같다

*

8개월 놀았다
내 머릿속은 아직 배고파서
8개월 더 놀 생각이다
아니 더 놀지도 모르겠다

원고지에서
수동타자기로
그리고 워드에서
컴퓨터로
또 노트북으로
이젠 태우고 싶어도 태울 것이 없다

*

잊고 있던 통증이 찾아왔다
아니, 통증은 계속되고 있었는데 내가 인지하지 못한 것인지도
어쨌든 골목길을 걷다가 이대로 쓰러져 영영 깨어나지 못할
지도 모른다는
공포를 느껴야 했다.
차라리 깨어나지 않음을 원하고 있었는지도 모르겠다.
전혀 익숙해질 수 없는 그 기분 나쁜 통증!
밉다!

*

절대 뒤돌아보지 마!
그렇게 걸어왔다
그리고 단 한 번도 후회해 본 적은 없었다
앞으로도 그럴 테지만
그런데 내 몸에서 나는 이 썩은 냄새는 도대체 뭔가?
좀비가 되어가는 듯한,
워킹데드를 봐야겠다

*

주울까 말까 하다가 주웠다
누군가 흘리고 갔을 동전에 온기를 불어넣는다
10원짜리 동전은 예전 1원짜리 동전처럼 가벼워졌다
새삼스러울 것 없는 지금이다
스무 번째 절기 소설이다
을씨년스러운 소설이다
재미없는 소설이나 구상해야겠다

*

오늘 다시 너를 만났다
그나마 너에게 남은 마지막 자존심을 벗긴다
온전히 알몸인 너
너에게 호기로운 옷을 입히고
이제 나의 거추장스러운 옷을 벗어야 한다
마늘종과 물미역과 미나리가 지금 내게로 달려오고 있으나
나는 기다리지 않기로 했다
전희 없는 섹스에 당황할지도 모르겠지만

　　　－ 과메기와 쌈을

＊

그 사람을 알고 싶으면 그 주위의 친구를 보라고 했다
내 주위의 친구들은 다른 이에게 어떻게 보였을까?
어쨌든 그 여자의 주위는 순 엉터리다
터벅터벅 걷는다
도대체 어디로 발길을 돌려야 마음이 편해질 수 있을까?
춥지 않을 수 있을까?
감정마저도 얼어붙을 것 같은 날 선 바람만 분다

＊

앞에 아줌마 두 분이 걸어갑니다
본의 아니게 그 뒤를 따라 걸었습니다
그런데 이 아줌마들의 대화가 이상합니다
듣고 대답하는 일반적인 대화가 아닌
너는 짖어라
나는 떠든다 식의 일방적임입니다
그런데 그 와중에도 어떤 소통이 있었는지
웃을 때는 같이 웃더란 말입니다
아줌마들의 대화가 아직도 귀에 윙윙거립니다
한여름 매미떼가 악착같이 울었던 것처럼!
아!
머리 아파!

*

탁자인 줄 모르고 그 위에 앉아버린 방심
그 순간 힘없이 구부러지고만 다리
이제는 깁스도 해 줄 수 없다
할아버지의 지팡이가 저기 아슬아슬하게 걸어간다

서성이는 것이 낯설지 않은

때가 돼노 슬섭지 않다
웃음이 갈수록 줄어든다
크리스마스캐럴을 들으면 우울해진다
시도 때도 없이 눈물이 나온다
아이돌의 노래를 들어도 소용없다
그래 나 늙어가는 중이다. 아니 늙었다. 마음이!

*

모든 것을 내려놓는다
연연해서는 안 됨을 연연해 왔다
골목의 샛길을 걸어 소주를 사 왔다
취해야 그나마 잘 수 있는 것도 어쩌면 복일 것이다
이 밤을 서성이는 것이 낯설지 않은 것은
일상이 불면이기 때문이다
그냥!

의미는 두지 않겠다
어차피 그렇게 살아왔으니...

*

"아빠는 왜 돈이 없어?"
"나는 삥 못 뜯어."
"왜?"
"1,200원 있어?"
"응."
"줘봐. 소주나 마시게!"
"아빠 대통령 해라."

*

시작과 끝이 없어졌다
모호하다
한 곳을 집중해서 바라볼 수 없다
당신의 시선과 마주치면 애써 외면한다
나는 언제쯤 당신을 여유롭게 바라볼 수 있을까?
삶이 짝사랑이 되어버렸다
당신의 향기를 가슴에 담고 싶다

소유할 수 없음이 욕심이 되어버렸다
오늘도 그냥 걸어간다

＊

기다리고 싶어서 기다린 것은 아니다
항상 그랬나
보고 싶어서 쳐다본 것도 아니다
어쩌다가 그렇게 흘렀을 뿐이다
서성이고 싶어서 서성였던 것은 아니다
오늘을 또 그렇게 걷는다
걷다 보니 외로움을 알게 되었다
그리움을 알게 되었다
네가 없다는 것도...
비가 흩날린다
눈으로 변할지도, 눈인데 부정하고 있는지도
첫눈이 내리면 만나자는 약속을
나는 28년째 지키지 못하고 있다

＊

그동안 어디에 숨어 있었던 것일까?

찾아도, 아니 그동안 무심히 지나온 세월

얼마 만인지 모르겠다

내 기억에서 사라졌다가 나타난 녀석

한때는 나의 분신이었던 녀석

구석에 던져두었던 녀석의 얼굴을 닦아 주었다

3냥의 은 체인목걸이

네가 생소하다

하지만 한때 너와 나는 하나였다

30년 전인가?

그러나 나는 너와의 첫 만남을 기억하지 못한다

흩어진 기억과 공황 탓일 것이다

다시 너를 품는다

너의 소박함이 좋다

여기가 어딘지 몰라요

옷깃만 스쳐도 인연이라 했던가?
눈빛만 마주쳐도 사랑에 빠진다고 했던가?
0.5초의 순간!
인연도 많았고 사랑도 흔했다
그렇게 정처 없이 흘러가다 보면
안주할 곳 있겠지

*

여기가 어딘지 몰라요
다만 어느 한순간의 데쟈뷔 일 뿐
당신들은 어떠신가요?
우리는 그 길의 기억일지 모릅니다!

*

이제 외치는 것도 싫다
목만 아프다
주먹을 쥔다
그리고 중지를 편다!
이게 오늘과의 섹스다!

*

대답 없이 걷는 그림자
그래도 네가 있어서 다행이다
가로등 아래의 너

*

사는 것이 엄살이 되어버렸다
계절마다 엄살을 부리고 끙끙 앓는다
내 속의 식지 않은 젊음에 염장을 질러 볼 생각이다
통증을 느껴야 한다
그렇지 않으면 내 젊음은 벌써 굳어버린 것이다
설레야 한다
억지로라도
그래야 살아 있는 거다

지름신이 강림하든

불륜의 화살을 맞든

뭐든 하고 봐야 얼어 죽지 않을 계절이다

*

형, 형! 하버 빠트닌 너식

알바를 한다고 하더니 25년 전 어느 날 녀석은

어처구니없이 그 못생기고 무딘 돈가스 칼날에 길을 떠났다

이제 눈물도 남지 않았다

기억의 저편에서 웃고 있는 녀석

왜 나는 이 계절에 슬픔만 간직하고 왔는가

보고 싶다

녀석아!

운다!

녀석아!

결코 네가 보고 싶어서가 아니란다

ㄱ때의 내가 못나서 ㄱ런단다

녀석아!

*

오늘은 또 다른 오늘의 통증이다

그 통증이 깃털처럼 가볍고 달콤한 통증이었으면 좋겠다

어느 누군가에게는 고약하고 아픈 통증일지도 모르겠다

삶은 우리가 감내하며 걸어가야 하는 통증이다

눈물도 웃음도

오늘 뼈마디의 처절한 실질적 통증을 느낀다

하지만 나는 이미 통증의 실체에 익숙해졌다

눈발이 날린다

역시 통증이다

방심하는 사이

술맛을 즐길 수 있는 사람은 낳시 않나
화가 많은 사람은 술을 삼가고
쌓인 것이 많은 사람도 삼가고
아픔이 많은 사람도 술을 삼가야 한다
술에 장사 없듯이
술친구를 만나기도 힘들다
마음 놓고 대작할 사람도 흔치 않은 세상이다
술에는 결계가 없다
그러기에 술은 문제를 일으키기도 한다

*

너는 가시가 되어 내게로 왔다
항상 그런 식이다
방심하는 사이 망설임 없이 '훅' 들어와
악착같이 버티는 녀석

광대가 되어 외줄 위에서 실컷 춤을 추다가
나를 유린하다가
그제야 뒤도 돌아보지 않고 가는 녀석
오늘따라 너의 뒷모습이 쓸쓸하다
내 뒷모습도 그러할까?

*

올해의 마지막 교정지를 바라보고 있다
나는 또 그렇게 흘러왔구나
또 그렇게 흘러가겠구나
그런데 치열하지 않은 이 밋밋함은 뭘까?

*

오래간만에 공간이동을 했다
공간은 늘 혼란스럽다
공간을 제대로 인식하지 않으면 그 공간에 갇혀
헤어나올 수 없게 된다
그래서 공간에 미련이나 의미를 두어서는 안 된다
언젠가의 늦가을 즈음
옆집 옥상에 교복을 입은 여학생 셋이 모여앉아

삼겹살을 구워 먹고 있었다
아마도 수능 전후였던 것 같은데
호기심 많은 여학생들의 까르르 웃는 모습이
보기 좋았었는데
단지 순간일 뿐이지만 그들은 기억하고 있을까?
공간이동은 그 자체의 기억이다

나는 언제나 너에게로 간다

숫자가 중요한 것은 아니다
숫자는 욕심의 무게다
길게 그려보는 선으로, 때로는 막히는 그 벽의
상하좌우로 생각해 보자
그대는 어디에 있는가?
돌아보라
내가 어디에 서 있는지
그러면 조급함 없이 당신은
당신의 길을 걸을 수 있을 것이다
당신은 꼭 그 길을 걸을 것이다
두려워하지 마시라
어차피 당신의 선택이니

더는 망설일 이유가 없지 않은가?
하지만 신중해야 할 것이다
무턱대고 앞으로 걸어가다가는 언젠가 돌이킬 수 없는

상황에 직면하게 될지도 모른다
앞으로도 뒤로도 갈 수 없는 상황에 처한
나를 먼저 생각해 본다
시간이 해결해 줄 거라는 생각은 오산이다
그 순간에 나는 과연 무엇을 할 수 있을까?
경험은 늘 스스로를 성숙하게 만든다
에써 외면하고 피한디면 힝싱 그 자리에 시 있을 테지만
그 상황을 스스로 이해하고 물러섬 없이 해결해 나간다면
더는 뒤돌아보며 후회하는 일은 없을 것이다
나는 그동안 어떻게 처신해 왔는가?
그렇다고 후회하고 있을 수는 없다
나에게 주어진 시간은 그리 많지 않다
한순간 젊음은 사라질 것이고, 한순간 노약한 나를
발견하게 될 것이다.
그렇기에 나는 나를 내세워 볼 생각이다
물러서지 않을 것이며, 당황하지 않을 것이며 또
망설이지도 않을 것이다
언제 멈추어질지 모를 나 자신의 시간을
아낌없이 쓸 생각이다
그래서 나는 언제나 너에게로 간다

언젠가는 당신을 만나기를 희망합니다

당신이 앉았던 자리입니다.

당신은 먼저 갔지만 나는 늘 당신을 생각합니다.

이 나무의자가 우리의 인연이었겠지요. 그 긴 기다림을 안고 찾아오는 곳이지만 언제나 마음은 제 자신도 종잡을 수가 없습니다.

당신이 한없이 밉다가도 당신이 한없이 그리워지는 것은 무엇 때문일까요?

기다리지 않겠다는 생각도 했습니다. 그러나 마음은 늘 당신에게 향해 있었습니다.

멍하니 앉아 있다가 눈물이 흐르기도 하고 때로는 별 생각 없이 호탕하게 웃기도 합니다.

시간이 지날수록 낡아가는 의자의 표면을 보면서 내 젊음의 한때를 간직하고 있는 의자의 마음이 고맙기도 합니다.

언젠가 당신이 소리 없이 다가와 나 몰래 한참을 앉아 있다

가 갔을 수도 있는 자리입니다. 당신이 너무 그리워 차마 외면
하며 지나쳤던 적도 있었습니다.

　등산로 한켠에 우두커니 앉아 있는 나무의자

　한때 우리는 그곳에서 많은 시간을 보냈고 또 풋사과 같은
사랑을 나누었습니다. 너무 풋풋했기에 더 기억이 선명한지도
모르겠습니다. 그때는 꾸밈도 없고 두려울 것도 없었는데.

　이제는 사랑이라는 말이 왠지 낯설어 집니다.

　언젠가는 당신을 만나기를 희망합니다. 그리움 때문만은 아
닙니다. 당신의 사랑을, 그러니까 그때의 기억을 돌이키고 싶
은 것도 아닙니다. 다만 당신의 삶이 행복하다는 것을 확인하
고 싶을 뿐입니다.

　부담스럽기도 하겠지만 그렇다고 굳이 피할 필요는 없다고
생각하는데요. 당신은 어떻게 생각할지 모르지만, 또 오해할
지 모르겠지만, 집착이라고 생각할지 모르겠지만 이제는 우리
만나도 서로 담담하고 또 예전의 기억을 돌이키며 안부를 물을
수도 있을 것 같은데요.

　어쨌든 기다려 봅니다.

　생각나면 한번 쯤 그 자리를 기억해 주세요. 이제는 만나도
반가울 것 같은데요. 아직도 부담스럽다면 우리 먼발치에서 서
로를 확인하는 것도 좋을 것 같아요.

뭐 어때요.

그렇게 나마 확인할 수 있다는 것만으로도 설렐 것 같은데요. 하지만 우리 미련은 남기지 않기로 해요.

젊음의 아름다움은 그때의 사랑으로만 간직하기로 합시다. 또 실망하지 말기로 합시다.

우리가 기억해야 하는 것은 그때의 기억 속 함께했던 시간입니다. 오늘을 살아가면서 당신을 가끔 생각할 수 있다는 것이 저에게는 더없는 행복입니다.

생각해 보면 그보다도 더 멋진 기억들이 있는데 우린 너무 쉽게 잊어버린 것은 아닐까요?

이제는 시간이 무뎌지는 것을 느낍니다. 당신에 대한 그리움도 예전 같지 않아 당혹스러울 때도 있구요.

결국 우린 이렇게 시간의 흐름에 역행할 수 없는 걸까요?

될 수만 있다면 시간 여행을 시도해 보고 싶은데 당신은 어떤가요?

우리 그때 그곳에서 다시 만나 보도록 해 볼까요?

자, 눈을 감고 숫자를 세어 보세요. 혹시 알아요. 살며시 눈을 떴을 때 그곳에 당신과 내가 마주보고 앉아 젊음의 멋진 한때를 보내고 있을지...

Book
MAPP
스마트

리얼 괌

REAL GUAM

CONTENTS

차
례

스마트하게 여행 잘하는 법
App Book

종이 지도로 일정 짜는 맛
Map Book

스마트하게
여행 잘하는 법
App Book

사실 괌은 교통편이나 숙소 선택지가 많지 않아 첫 해외여행자에게도 난이도가 낮은 편이다. 휴양지 특성에 맞게 〈리얼 괌〉이 엄선해 소개하는 앱과 웹사이트를 참고해 괌을 가장 스마트하게 여행하자.

여행을 스마트하게!
여행 앱 & 웹사이트

포털 사이트와 커뮤니티, 블로그, 유튜브 등에 넘쳐나는 여행 정보.
하나하나 읽어가며 여행을 준비하기에 우리의 '현생'은 너무나도 바쁘다. 그래서 준비했다!
스마트폰에 앱 몇 개만 내려받아도, 웹사이트 몇 개만 잘 활용해도 여행은 쉬워진다.

항공
항공권 가격 비교부터 예약까지, 일정에 여유가 있으면 각종 프로모션도 놓치지 말고 체크해보자.
#스카이스캐너
#카약 #플레이윙즈

숙소
가격 비교는 호텔스컴바인과 올스테이로! 숙소 검색과 예약, 리뷰는 각종 예약 사이트로!
#호텔스컴바인 #올스테이

투어 프로그램
앱이나 웹사이트에서 다양한 상품을 미리 알아보고 현지보다 저렴하게 예약하자.
#마이리얼트립 #와그
#클룩 #트립스토어

여행 준비 & 실전
여행 앱으로 명소와 맛집을 검색하고, 현지에서는 파파고로 의사소통을!
#트립어드바이저
#파파고 #트리플

길 찾기 & 교통
#구글맵스 #카카오T #스트롤

항공권 & 숙소 예약하기

괌은 워낙 인기 있는 여행지인 만큼 운항하는 항공편도 많고 전 세계 여행객들을
수용하기 위한 호텔도 워낙 많아 선택의 폭이 넓다. 하지만 인기 있는 곳은 금세 예약이 완료되니
여기 소개하는 애플리케이션을 활용해 미리미리 준비하자.

항공권

스카이스캐너 　카약 　네이버항공권 　인터파크투어 　하나투어 　플레이윙즈

- **항공권 가격 비교** #스카이스캐너 #카약 #네이버항공권
- **항공권 예약** #인터파크투어 #하나투어
- **항공권 프로모션 알림** #플레이윙즈

스카이스캐너, 카약 등에서는 다양한 항공사의 운임과 시간대를 확인할 수 있다. 출발 요일과 시간대에 따라 가격이 천차만별이며 스카이스캐너의 'Everywhere' 기능을 이용하면 때로 말도 안 되는 가격으로 득템할 수 있으니 시간 활용이 자유로운 사람이라면 주목하자! 인터파크는 결제 완료 전까지 여유가 있는 항공권이 따로 있어 우선 확보가 가능하며 항공뿐 아니라 숙소와 액티비티, 렌터카까지 검색 가능하다.

> **TIP**
> 플레이윙즈에서는 각종 항공권 프로모션을 알려주니 일정에 여유가 있으면 앱을 깔아두고 수시로 체크해보자.

숙소

호텔스컴바인 　올스테이 　익스피디아 　호텔스닷컴 　아고다 　부킹닷컴 　에어비앤비

- **호텔 예약 사이트 가격 비교** #호텔스컴바인 #올스테이
- **숙소 예약 사이트** #익스피디아 #호텔스닷컴 #아고다 #부킹닷컴 #에어비앤비

호텔스컴바인은 다양한 업체에서 보유한 현지 숙소의 공실 상황과 객실 가격을 보여주기 때문에 사이트마다 찾아다니며 하나씩 비교하는 수고를 줄여준다. 또한 세금과 수수료가 포함된 가격으로 비교해주어 편리하다. 다만 호텔을 자주 예약한다면 한 사이트를 꾸준히 이용하면서 받을 수 있는 10박 예약 시 1박 무료 혜택 등을 누리는 것도 좋은 방법.

> **TIP**
> 호텔과 리조트보다 현지 감성을 느끼며 부담 없이 지낼 숙소를 원한다면 에어비앤비를 고려해보자. 여럿이 가거나 장기간 체류하면서 주방을 사용하고 싶은 여행자에게 추천한다.

투어 프로그램 예약하기

이제 호텔이나 현지 가이드를 통해 비싼 투어 프로그램을 예약하던 시대는 지났다.
해변에서 느긋하게 쉬거나 스노클링만 해도 충분히 좋은 괌이지만 경비행기 조종, 돌핀 크루즈, 슬링샷 등
다양한 상품은 한국에서 미리 예약하면 현지에서보다 저렴하고 안전하다.

알짜만 모았다! 추천 상품

투어 구분	투어 종류	소요 시간	가격(1인 기준)	설명
m 마이리얼 트립	공항-호텔 왕복 셔틀 서비스	30분	25,000원~	공항에 도착한 후 바로 호텔로 이동할 수 있는 셔틀 패키지. 야간 및 새벽 항공 스케줄이라도 편하게 이용할 수 있는 것이 장점이다.
	괌 시내 투어	3시간	73,900원~	호텔 픽업, 드롭은 기본. 이파오비치, 파세오공원, 스페인광장, 사랑의절벽, 마이크로네시아 몰 등 핵심 관광지를 알차게 둘러보는 투어
	괌 남부 투어	4시간	77,600원~	괌 관광청에서 공인 인증한 한국인 가이드와 함께 투어 진행. 총 6개의 남부 코스로 괌 여행 시 꼭 가야 할 장소를 둘러볼 수 있다.
	고프로 장비 대여	24시간	10,900원~	고프로 히어로 블랙, 하우징, SD 카드 등 장비 대여 서비스
K 클룩	돌핀크루즈	4시간	45,800원~	돌핀크루즈를 기본으로 스노클링과 낚시까지 즐길 수 있고, 간식으로 참치회, 맥주, 음료를 제공하는 힐링 투어
	열대 산호초 스노클링 체험	2시간	62,500원	스노클링 전문 강사와 함께 아름다운 열대 산호초와 다양한 열대어를 볼 수 있는 인기 스노클링 투어 패키지.
	괌 아쿠아리움 티켓	2시간~	41,700원	아이와 함께하는 여행이라면 꼭 들러야 하는 괌 아쿠아리움에서 즐기는 바닷속 여행
WAUG 와그	괌 별빛 투어	2시간	70,000원~	핑크 버스를 타고 별이 쏟아지는 괌 최고의 포인트로 이동하여 밤하늘을 구경하며 인생샷을 건질 수 있는 특별한 투어
	괌 시내 투어	2시간	75,900원~	한국인 가이드와 함께 귀여운 핑크 차량을 타고 사랑의 절벽, 스페인광장, 정부청사, 에메랄드 밸리까지 둘러보는 알짜 투어
	괌 남부 투어	4시간	71,000원~	한국인 가이드와 함께 괌 남부의 핵심 여행지를 둘러보는 자연 속 힐링 투어

★ 가격은 24년 7월 기준가이며, 시기에 따라 달라질 수 있으니 참고용으로 봐주시기 바랍니다.

길 찾기 & 교통

괌에 도착했다면? 이제는 실전이다!
현지에서 꼭 필요한 길찾기 앱과 유용한 실시간 앱을 소개한다.

길 찾기 & 교통

구글맵스

스트롤

카카오T

#구글맵스 #스트롤 #카카오T

괌에서 렌터카를 이용하지 않을 경우 버스와 한인 택시가 있는데, 괌에는 우버, 그랩이 없어 비슷한 기능을 하는 스트롤(Stroll)을 이용하는 게 편하다. 일반 택시보다 저렴하고 실시간으로 배차 예약을 할 수 있어 여행자뿐만 아니라 현지인도 많이 이용한다. 카카오T는 한국에서 사용하던 앱을 그대로 활용할 수 있고 한국어로 되어 있어 편리하지만, 예약제 택시라 사전 결제를 해야 이용이 가능하다.

실시간 앱을 적극 활용하자

트립어드바이저

트리플

파파고

#트립어드바이저 #트리플 #파파고

❶ 트립어드바이저와 트리플 등에서 명소와 맛집 정보 확인
❷ 구글맵스로 위치 파악하고 이동
❸ 현지 도착 후 파파고로 의사소통!

스폿 검색부터 동선과 리뷰까지!
구글맵스 사용법

구글맵스 Google Maps
🏠 www.google.com/maps

구글에서 제공하는 지도 서비스. 도보, 대중교통, 자전거, 차량 등 교통수단별 길 찾기, 스트리트 뷰, 위성사진 등의 서비스를 제공한다. 대부분의 렌터카에 내비게이션이 있지만 휴대폰의 구글맵스의 활용도가 높아 대신 사용하는 경우가 많다.

이것만은 익혀두자! 구글맵스 핵심 기능

❶ 위치 검색하기

가고 싶은 스폿의 위치를 검색해 '내 지도'에 저장해보자. 스폿 정보에 입력된 여행자들의 리뷰와 사진을 보는 재미도 쏠쏠하다.

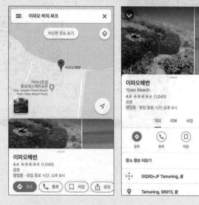

❷ 이동 경로와 소요 시간 파악하기

경로 검색 버튼을 눌러 현재 내 위치나 원하는 장소에서 다음 목적지까지 교통수단별 추천 경로를 알 수 있다. 지도 우측 상단의 레이어 버튼을 누르면 위성사진이나 교통정보도 자세히 확인할 수 있다.

❸ 주변 탐색 기능 활용하기

현재 있는 위치를 기준으로 주변의 레스토랑이나 카페, 주유소, 관광명소 등을 검색할 수 있다. 이용자들이 남겨놓은 평점과 후기를 참고하거나 영업시간이나 휴무일 등을 미리 체크해볼 수 있다.

〈리얼 괌〉 지도 QR 코드 활용법

무겁게 책을 들고 다니며 지도를 펼쳐보는 것은 이제 그만!
〈리얼 괌〉 상세 지도에 실린 QR 코드를 스캔하면 책에서 소개한 스폿 리스트가 담긴
구글 지도가 스마트폰 속으로 쏙 들어온다. 구글맵스에
스폿을 일일이 입력하지 않아도 알짜배기 정보를 얻을 수 있다.

지도 QR 코드 이렇게 사용하자

❶ QR 코드 리더기 실행하기

앱스토어 또는 구글플레이에서 QR 코드 리더 앱을 다운받거나 포털 사이트 앱의 QR 코드 리더기를 실행한다.

❷ 지도의 QR 코드 인식하기

리더기를 사용해 〈리얼 괌〉 표지 앞날개나 각 구역 상세 지도에 인쇄된 QR 코드를 인식한다.

❸ 추천 스폿 한눈에 파악하기

지역별로 정리한 추천 스폿을 살펴보며 여행지의 이미지를 그려보자. 스폿 간 경로도 검색할 수 있어 일정 짜기에도 그만이다.

종이 지도로
일정 짜는 맛
Map Book

종이 지도에 손으로 쓱쓱 메모를 남기고
가고 싶은 곳을 표시하는 재미는 모바일
기기가 대체할 수 없다. 개념도로 우선 지
형을 익히고 상세 지도에서 관심 있는 스
폿들을 확인하면서 여행 동선을 짜보자.
종이 지도의 QR 코드를 스캔하면 연동되
는 모바일 지도는 덤!

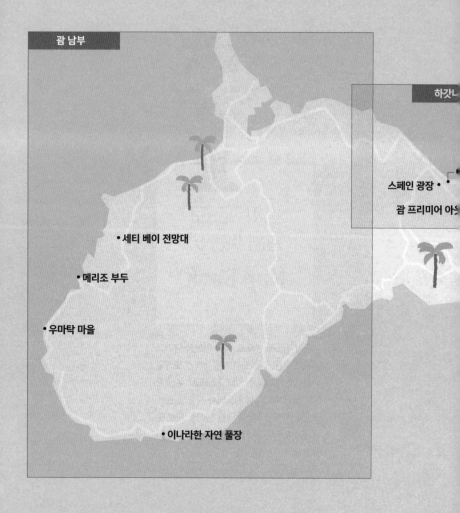

괌 남부

하갓ㄴ

스페인 광장 •

괌 프리미어 아웃

• 세티 베이 전망대

• 메리조 부두

• 우마탁 마을

• 이나라한 자연 풀장

괌 개념도

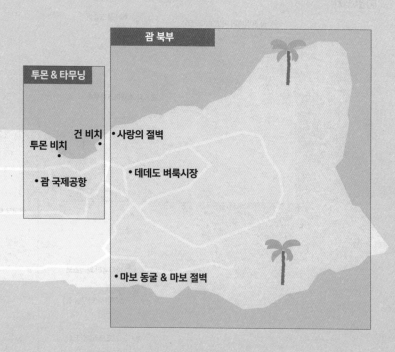

괌 북부

투몬 & 타무닝

당

건 비치 · · 사랑의 절벽
투몬 비치
·

· 데데도 벼룩시장

· 괌 국제공항

· 마보 동굴 & 마보 절벽

한눈에 보는 괌 구역도

· **투몬 & 타무닝** 에메랄드 빛 바다가 펼쳐지고, 쇼핑몰과
맛집, 숙소가 밀집되어 있는 괌 최대 번화가. 괌을 여행하
는 관광객은 대부분의 시간을 이곳에서 보낸다.

· **하갓냐(아가냐)** 괌의 주도. 대표 관광지 및 차모로 역사
와 문화가 담긴 유적지가 많다.

· **괌 남부** 자연 그대로의 괌을 느낄 수 있다. 탁 트인 전망
을 배경으로 해변 드라이브를 즐기자.

· **괌 북부** 남부보다 한층 더 때 묻지 않은 자연이 보존된
곳. 로컬 음식을 맛보고 인생사진을 남겨보자.

투몬&
타무닝

투몬&타무닝

캘리포니아 마트 12

요거트랜드
애플비스 39 · 08

코스트유레스 10
파이올로지 피자리아 44

처키 치즈 31
시나본

곾 프리미어 아웃렛(GPO) 01
09

루비 튜즈데이 36

킹스 38

론스타 스테이크하우스 18

로이스
레스토랑 07

피셔맨즈
코브 32

이파오 비치 파크 03

프로아

파티셰리 파리스코 09

페이레스
슈퍼마켓(타무닝 점) 11

호시노 리조트 워터파크 08

셸리스 레스토랑 37

아가냐 베이

카프리초사 24
(아가냐 쇼핑센터점)

건 비치 02 46 더 비치 바

06 타오타오 타씨 더 비치 비비큐 디너쇼

마젤란 뷔페 레스토랑 30

05 밀라노 그릴 -라 스텔라-

27 카사 오세아노

08 구디스 스포팅 굿즈

0 300m

투온 만

더 크랙드 에그 14   01 햄브로스

스노 몬스터 04   31 조이너스 레스토랑 케야키

반 타이 20

마타팡 비치 파크 07   07 투온 샌즈 플라자   11 피카스 카페

34

후지 이치방 라멘   22 타코 시날로아

25 본스 치킨

09 츠엉스   42 산정

교동짬뽕 43   40 부가

26 PIC 선셋 BBQ

16 자메이칸 그릴   02 메스클라 도스

17 치인 림프

03 K마트

41 세종

테이스트 29   02 커피 비너리

스타벅스 05   퍼시픽 플레이스 09 24 카프리초사(투온점)

봉스카페 45

13 에그 앤 띵스

나나스 카페

23   03 호놀룰루 05 JP슈퍼스토어

타부 티키 바 47 투온 비치 01 커피

ABC스토어 04 더 플라자 06   12 리틀 피카스

언더워터 월드 04   19 하드록 카페

아쿠아 28 소이 03

알프레도 스테이크 하우스 06   35 아이홉

니지 33   02 T갤러리아

러브 크레페스 괌 06

04 알 덴테   21 아네모스   인퓨전 커피&티

샌드캐슬 카레라 05

클럽 ZOH 10   10 오니기리 세븐   08 도라쿠   01

하갓냐

아가냐 만

• 자유의 라테 전망대

⑪ 리카르도 J. 보르달로 괌 정부청사 & 아델럽 곶

슬링스톤 커피 & 티 ③

⑥ 슬로우 워크 커피 로스터즈

0   170m

파세오 드 수사나 공원 **04**

차모로 빌리지 야시장

크랩 대디 **05**

투레 카페 **02**   **01** 커피 슬럿

모사스 조인트
01

스키너 광장   **05**

슬링스톤 커피 & 티 **03**   **04** 크러스트

시레나 공원 **06**   **03**

07   추장 키푸하 동상

03 스택스 스매쉬 버거

02 칼리엔테

마이티 퍼플 카페 **05**   **08** 괌 박물관

01 아가냐 대성당

02 스페인 광장

산타 아구에다 요새 **10**

라테스톤 공원 **09**

04 피즈 & 코

01 아가냐 쇼핑센터

괌 남부

아산 비치 & 태평양전쟁 국립역사공원 02

에메랄드 밸리 04

피쉬아이 마린파크 해중전망대 01

03 아산 베이 전망대

피쉬아이 컬쳐 디너쇼 01

T. 스텔 뉴먼 관광 안내소 05
(태평양전쟁 역사기념관)

아갓 마리나 06

마리나 그릴 02

탈리팍 다리 07

셀라 베이 전망대 08

세티 베이 전망대 09

우마탁 마을 11

파라 이 라라히타 공원 10

솔레다드 요새 19

14 메리조 마을

곰바위 15

메리조 부두 13

19 파고 베이 전망대

3 제프스 파이러츠 코브

17 이나라한 벽화마을

16 성 요셉 성당

18 이나라한 자연 풀장

괌 북부

비치인 쉬림프 01

판다 익스프레스 02

페퍼런치 03

이디야 커피 04

마이크로네시아 몰 01

데데도 벼룩시장 05

NCS 비치 03

탕기슨 비치 02

사랑의 절벽 01

마이크로네시아 몰 01

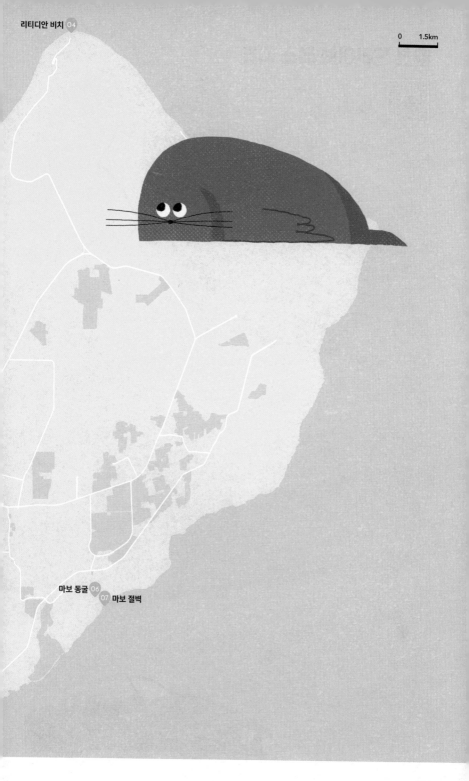

리티디안 비치 04

0   1.5km

마보 동굴 06
07 마보 절벽

추천 드라이브 코스 지도

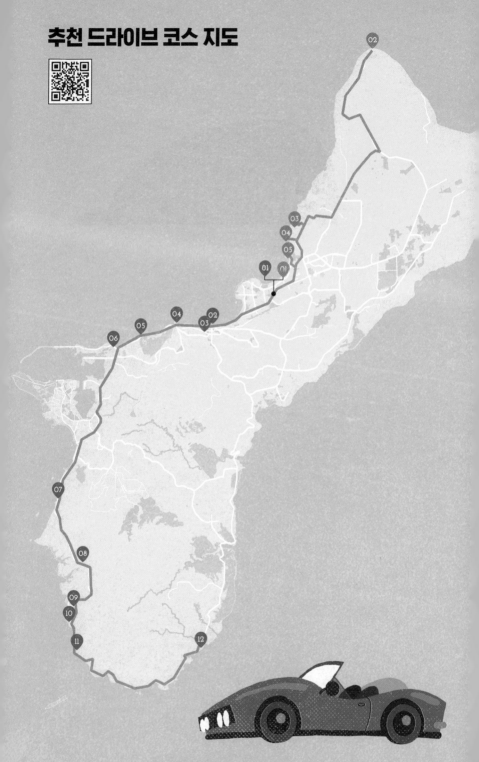

⑴
괌 남부 드라이브

하갓냐(아가냐) 지역의 역사유적지를 둘러보고 해안도로를 따라 남부를 한 바퀴 도는 데 1시간 15분 정도 걸린다. 천천히 둘러보려면 최소 반나절 이상 소요되니 일정을 여유 있게 잡는 게 좋다.

아가냐 대성당

피쉬아이 마린파크

메리조 부두

코스

❶ 투몬 출발 → ❷ 파세오 드 수사나 공원 → ❸ 아가냐 대성당+스페인 광장 → ❹ 리카르도 J. 보르달로 괌 정부청사+아델룹 곶 → ❺ 피쉬아이 마린파크 → ❻ 에메랄드 밸리 → ❼ 아갓 마리나 → ❽ 세티 베이 전망대 → ❾ 우마탁 마을 → ❿ 솔레다드 요새 → ⓫ 메리조 부두 → ⓬ 이나라한 자연 풀장 → 투몬 도착

⑵
괌 북부 드라이브

때 묻지 않은 천혜 자연을 느낄 수 있는 드라이브 코스. 리티디안 비치가 오후 4시 문을 닫기 때문에 늦지 않게 출발해 사랑의 절벽이나 건 비치에서 일몰을 보면 좋다. 북부 코스에서는 푸른 바다, 여유로운 휴식, 스노클링 등 액티비티를 즐길 수 있다.

탕기슨 비치

건 비치

코스

❶ 투몬 출발 → ❷ 리티디안 비치 → ❸ 탕기슨 비치 → ❹ 사랑의 절벽 → ❺ 건 비치 → 투몬 도착

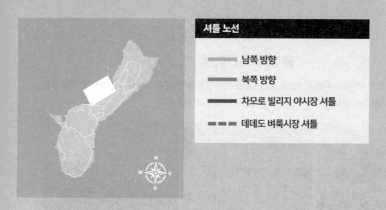

셔틀 노선

	남쪽 방향
	북쪽 방향
	차모로 빌리지 야시장 셔틀
	데데도 벼룩시장 셔틀

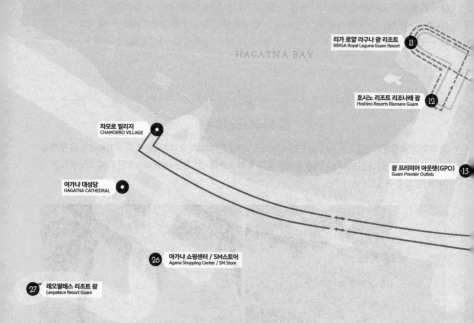

HAGATNA BAY

리가 로얄 라구나 괌 리조트 ⑪
RIHGA Royal Laguna Guam Resort

호시노 리조트 리조나레 괌 ⑫
Hoshino Resorts Risonare Guam

차모로 빌리지 ⑧
CHAMORRO VILLAGE

괌 프리미어 아웃렛(GPO) ⑬
Guam Premier Outlets

아가냐 대성당 ⑨
HAGATNA CATHEDRAL

아가냐 쇼핑센터 / SM스토어 ㉖
Agana Shopping Center / SM Store

레오팔레스 리조트 괌 ㉗
Leopalace Resort Guam

셔틀버스 노선도

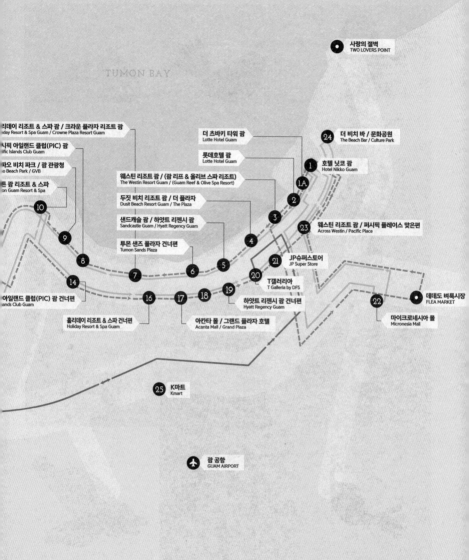

TUMON BAY

리데이 리조트 & 스파 괌 / 크라운 플라자 리조트 괌
day Resort & Spa Guam / Crowne Plaza Resort Guam

시픽 아일랜드 클럽(PIC) 괌
fic Islands Club Guam

카오 비치 파크 / 괌 관광청
o Beach Park / GVB

트 괌 리조트 & 스파
on Guam Resort & Spa

10

9

8

14

아일랜드 클럽(PIC) 괌 건너편
ands Club Guam

16

17

18

19

더 츠바키 타워 괌
Lotte Hotel Guam

롯데호텔 괌
Lotte Hotel Guam

웨스틴 리조트 괌 / (괌 리프 & 올리브 스파 리조트)
The Westin Resort Guam / (Guam Reef & Olive Spa Resort)

두짓 비치 리조트 괌 / 더 플라자
Dusit Beach Resort Guam / The Plaza

샌드캐슬 괌 / 하얏트 리젠시 괌
Sandcastle Guam / Hyatt Regency Guam

투몬 샌즈 플라자 건너편
Tumon Sands Plaza

7

6

5

4

3

2

21

20

1

1A

23

24

더 비치 바 / 문화공원
The Beach Bar / Culture Park

호텔 닛코 괌
Hotel Nikko Guam

웨스틴 리조트 괌 / 퍼시픽 플레이스 맞은편
Across Westin / Pacific Place

JP슈퍼스토어
JP Super Store

T갤러리아
T Galleria by DFS

하얏트 리젠시 괌 건너편
Hyatt Regency Guam

홀리데이 리조트 & 스파 건너편
Holiday Resort & Spa Guam

아칸타 몰 / 그랜드 플라자 호텔
Acanta Mall / Grand Plaza

22

데데도 벼룩시장
FLEA MARKET

마이크로네시아 몰
Micronesia Mall

사랑의 절벽
TWO LOVERS POINT

25 K마트
Kmart

괌 공항
GUAM AIRPORT

리얼 괌
스마트 MApp Book

실전 여행까지 책임진다!

종이 지도로 일정 짜는 맛
Map Book

스마트하게 여행 잘하는 법
App Book